大作家的语文课

U0726744

表里的生物

冯 至◎著

北方联合出版传媒(集团)股份有限公司
春风文艺出版社
·沈阳·

图书在版编目（CIP）数据

表里的生物 / 冯至著 . —沈阳：春风文艺出版社，
2023.5

（大作家的语文课）

ISBN 978-7-5313-6416-0

Ⅰ.①表… Ⅱ.①冯… Ⅲ.①散文集 — 中国 — 当代
Ⅳ.①I267

中国国家版本馆CIP数据核字（2023）第050287号

北方联合出版传媒（集团）股份有限公司
春风文艺出版社出版发行
沈阳市和平区十一纬路25号　邮编：110003
辽宁新华印务有限公司印刷

责任编辑：韩　喆		责任校对：陈　杰	
印制统筹：刘　成		幅面尺寸：145mm × 210mm	
字　　数：103千字		印　　张：7	
版　　次：2023年5月第1版		印　　次：2023年5月第1次	
书　　号：ISBN 978-7-5313-6416-0			
定　　价：28.00元			

版权专有　侵权必究　举报电话：024-23284391
如有质量问题，请拨打电话：024-23284384

冯至小传

冯至（1905—1993），原名冯承植，河北涿州人。现代著名诗人、学者，中国新诗的代表人物。

冯至幼时就读于叔祖冯学彰创办的一所私立小学，小学停办后，在家中从父亲学习《唐诗三百首》《古文观止》。12岁于河北涿县高等小学毕业后，进入北京市立第四中学读书，受五四新文化运动影响，开始写诗。1921年考入北京大学，1923年参加文艺团体浅草社，1925年与友人创立沉钟社。

1927年暑假，冯至从北大德文系毕业，到哈尔滨第一中学教国文，1928年暑假后回北平任教于孔德学校，兼北大德文系助教。并与冯文炳（废名）合编文学刊物《骆驼草》。1927年冯至出版了第一部诗集《昨日之歌》，1928年出版第二本诗集《北游及其他》。1930年冯至赴德国留学，攻读文学、哲学与艺术史，其间受到德国诗人里尔克的影响，五年后获得哲学博士学位回国，并于1936年任上海同济大学教授兼附设高级中学主任。

　　1939至1946年，冯至任昆明西南联合大学外文系德语教授。这期间是他研究和创作的旺盛期，他研究歌德的文章后来结集为《歌德论述》，同时搜集资料酝酿为杜甫写传；创作诗集《十四行集》、散文集《山水》、中篇历史小说《伍子胥》及学术论文、杂文等。1946年至1964年，冯至执教于北京大学西语系，1951年后兼系主任。20世纪50年代冯至出版了著作《杜甫传》，影响甚广。1964年9月调任现属于中国社会科学院的外国文学研究所所长，从事外国文学研究工作。1982年辞去所长职务，改任名誉所长。同年，在中国作家协会第三、四次代表大会上当选为作协副主席。1983年，冯至因在研究歌德、译介海涅作品方面取得的杰出成就，获德意志联邦共和国慕尼黑歌德剧院颁发的歌德奖章；1985年民主德国授予他格林兄弟奖；

1987年联邦德国国际交流中心授予他艺术奖；1988年联邦德国达姆施塔特语言文学研究院授予他弗里德里希·宫多尔夫外国日耳曼学奖。

冯至的杜甫研究卓然成家，其德语文学研究、教学、翻译方面的成就亦赢得了国际性的肯定和赞誉，先后被聘为瑞典、德国、奥地利等国家科学院外籍院士或通讯院士，获得诸多国内外奖项。

冯至在漫长的诗歌创作生涯，为世人留下诸多经典名作，其中颇负盛名的有散文集《山水》、传记《杜甫传》、诗集《十四行集》、论文集《论歌德》，译作德国长篇小说《维廉·麦斯特的学习时代》（与姚可崑合译）、《海涅诗选》和海涅长诗《德国，一个冬天的童话》、里尔克《给一个青年诗人的十封信》等。

1978年被推举为中国外国文学学会会长，1983年被推举为中国德诺文学会会长。

1989年，当选为新成立的中国北欧文学学会会长。同年，首届"冯至德语文学研究奖"在京揭晓。

1993年，冯至于北京逝世。

目录

孩童的星光

父亲的生日　　　　　　　　　003

老　屋　　　　　　　　　　　011

彩色的鸟　　　　　　　　　　015

表里的生物　　　　　　　　　019

猫　儿　眼　　　　　　　　　023

儿时的庭院　　　　　　　　　026

师友的面貌

忆朱自清先生　　　　　　　　033

笑谈虎尾记犹新　　　　　　　037

相濡与相忘——忆郁达夫　　　044

学习之风气

外乡人与读书人　　　057

书和读书

　　——昆明往事之七　　　061

我在四中学习的时候　　　070

"但开风气不为师"

　　——记我在北大受到的教育　　　081

怀念北大图书馆　　　090

这样一个小学生　　　095

书海遇合　　　103

先哲的精神

仲尼之将丧　　　111

公孙大娘

　　——《杜甫传》附录二　　　123

白发生黑丝

——《杜甫传》附录四   132

山海之间

《北游及其他》序   157

蒙古的歌   164

在赣江上   170

一棵老树   176

一个消逝了的山村   184

山村的墓碣   191

忆 平 乐   196

动 物 园   202

孩童的星光

父亲的生日

　　天正热而月正圆的一天是父亲的生日。

　　想起繁盛的往日，在那天除了家家每逢生日所应有的事务外，使我念念不忘的是宋先生的曲子和满桌的西瓜。

　　宋先生同许多唱曲子的人一样，是个没有眼睛的人。但他是其中的一位古典派，他的三弦从不在夏夜的深巷里浪漫地沿着门弹。他只是每逢年、节、喜、寿在城里少数的几家唱。他的曲子多经过我的祖父们的审定与修改，词句文雅得多了，自然也失掉了不少的民间的气味，可是曲中的情节更合理些，他的歌声是很平和的，我的耳朵受惯了它的训练，所以对于那些站在十字街头扯起喉咙只是乱叫，叫了半夜而叫不出一个"所以然"的歌者，觉得很是"粗"得讨厌。

他还有一件令我佩服的事，就是我从不曾看见他的身上带有 Note book①，可是全家大小不下数十人的生辰死日都分毫不爽地记在他的脑中；我的记忆力却不很强，除了少数几个人外，多半早已忘记，一旦将来有孝子贤孙出现请我帮他忙重修家谱，恐怕不免要"礼失而求诸野"，但可惜这位阅尽了兴衰的老"伏生"却早已在地下长眠了。

至于西瓜，乃是入夏以来每逢午睡醒后日日必有的盛事，并不一定到父亲的生日才吃，不过我如今想，那天一定更饶趣味罢了。父亲时常把我在三四岁时吃西瓜的景象告诉我：衣服是脱得一丝不挂，两只小手抱着一大块西瓜乱啃，满脸的汗水，西瓜汁、西瓜瓤流遍了全身，吃完就被母亲按在澡盆里凫水。那时我的小灵魂或许会感到非常的舒适吧，可是我当时不知，如今也无从经验了。

不幸的事件一年跟着一年地走进我们的家门。它

---

① 笔记簿。

是怎样从那极端的荣华而堕入了难堪的衰落，直到现在，其中底细，我也是茫然。只知道其中最难堪的，要算是当我九岁时母亲的死亡了。

我岁数小，不很深地知道没有母亲的悲哀。现在只是无时不觉得母亲把父亲抛弃得太苦了。——母亲出殡不久，便是父亲的生日。往年这日母亲总是亲自下厨，制几样精致的菜。女仆把桌子摆好，菜也端上来了，我同哥哥姊姊父亲都围着桌子坐下，母亲的座位还是空着，我们等候母亲，母亲远远地从厨房里嚷道："别等我了，先吃吧。"但是我们还不动筷子。我脚踏着桌子底下的西瓜，心里充满了快乐的希冀。不久母亲笑容可掬地端着一大盘她轻易不做的、美味的伊府面走了进来，满意而又安慰着说："怎么还不吃呢，菜都凉了。"这时宋先生的"八仙进寿"正在弹着。大家庭里的种种几乎没有一件不是使父亲伤心母亲发愁的，但在那天却多半是勉强着有说有笑地过去。——这次呢，宋先生的曲还是依旧地在唱，女仆也是照样把菜端了上来，母亲的座位空着，大家都仿佛有所期待似的谁也不肯先拿筷子。经过女仆的催促说是菜凉了吧，怎么还不吃呢，父亲才无精打采地拿起一碗面草草地拌。

"爹爹，怎么没有搁芝麻酱呢?"

"啊，因为是你娘最喜欢吃的东西呀。"

说着泪珠落在碗里做了芝麻酱的代替了。随后父亲说，将来母亲的坟边松柏固然是不可少的，但还要多多地栽些桃花杏花，每逢清明祭扫，从很远的地方便可以望见一片花霞，并且与旁人的坟墓也可以有些分别。我附和着说，真的，母亲是江南人，这里再也找不到像母亲那样的人呢。父亲抬起头望一望窗外的阴蒙蒙的天气，脱口而出了一句——

"杏花春雨江南。"

这时宋先生的曲子已经唱完，把三弦放在一边坐在那里打火抽烟，感慨地说："像我们这样大的年纪活着也没有什么味儿了，眼看少奶奶过去已经七期，那有多么快呀。"

父亲吃完了饭不知到耳房里做什么去了，我们几个小孩子都围着宋先生看他怎样吃饭，我们把许多认为好吃的菜布在他的碗里，他那好似没有眼珠子瘪瘪地闭着的眼睛也不知为什么流下泪水来。——父亲在耳房里大半是在做着母亲的坟墓的梦。只是后来父亲南辕北辙，夙愿久违，直到十几年后的今日，母亲的墓旁依然没有桃花杏花开放。

无论怎样，父亲的生日是曾经很欢洽或是很悲凉地度过的。但寂寞要算是现在了。

时代转变得真快。两三年来他的好友相继死亡了。他有时坐在我们少年朋友中间，我望着他聊堪自慰的脸上时时带着几分落寞的神情，我总爱想起陆士衡的"亲落落而日稀，友靡靡而愈索。……托末契于后生，余将老而为客"那样的句子。

一天冬日的早晨，我跑到父亲那里，桌上摆着一封写给舅父的信。我打开看，里边大意写着，昨晚的北风刮得很大，不知怎么想起自己的儿子一天一天地成长，心里似乎感到一点快乐，但一转想，生他的母亲已经死去这么久，不觉长夜失眠，泪把枕套都湿遍了。我出乎意外地读到这样的信，我也哭了。不禁想起卢骚①的幼年同他鳏夫的父亲夜夜在一起展读母亲的遗书，一边读，父亲一边讲着母亲的故事，泪眼模糊地直到夜深。——我骤觉得宇宙之大，父子两个是怪孤孤零零的。

虽然如此，父亲的性格却很淡泊。几十年来，受了不少的家庭的倾轧，亲属的奚落，他从不曾为了这个自苦过，至多也不过觉得人世有些伤心罢了。对于家中你争我夺的所谓"遗产"，从不曾置问，后来为了他的子女们不能不到四方奔走衣食，除了最低的家中生活费外，也从来没有一点额外的储藏。我记得有一天我向他说："爹爹，我们买一点田，好不好？"

"还是好好地自己努力吧，不要想那样的事呀！"

父亲很从容地说，说得我非常惭愧；这句话有十年了，我永久不能忘记——至今想起，我还是惭

---

① 即卢梭。编者注。

愧着。

　　同时父亲对我很随便。从前对于学校的，如今对于职业的选择，以及朋友、爱情，从未曾像许多人似的摆出做父亲的架子而加以干涉。

　　直到现在，我却一向是小心谨慎地生活着，同辈少年中"不可一世，舍我其谁"的气概，我从来不敢有过，我虽然没有做下什么好的事，似乎也没有把什么十分丑恶的痕迹留在世间。我感谢父亲，可是父亲一天比一天老，父亲的生活一天比一天寂寞了。——父亲一人提着手杖在公园中散步的那副景象，父亲未必感到怎样，但我总有些觉得难堪；或是我同好朋友谈笑方浓，一想起这时父亲一人在房里不知在做什么，心里便骤然怦怦地不安了。

　　天正热月正圆的明天哪，是父亲的生日，往年的西瓜如今吃不上了，宋先生的曲子也成了"广陵散"，故人多登鬼簿，母亲能够入父亲的梦吗？一切都是这样地烟消云散，父亲真是太寂寞了。明天我要从社会里取消我的"人"的资格，我要悄悄地在他身边做一个完全的"儿子"，在明天没有到来的今晚我在灯光下信笔写了这篇散漫的文字。

1930年

老　屋

　　我们真是许久不提波德莱尔了，今晚的灯光下我又写出来他的名字，不知怎么竟恍如隔世一般。但是，我的朋友，你还记得吗，他题名《游子》的那首散文诗，那是我们曾经中了迷似的读过的，在几年前。那时我们读完那首诗，常常对着远方的云，说声"永别了故乡"，但想不到的是时至今日我竟破了戒。

　　我的故乡自然也是一座城。城的中央有一所旧式的、高大的房宇，每间房里都立着一两座沉重的衣柜，我不知道它们是怎样从很远的地方运来的，曾经装过祖母的嫁衣，父亲的玩具，母亲的嫁衣……现在那里边该是些什么呢，我却不敢打开看。许多的房门都关着，或是长久地上了锁；有时也还能听见人声，但那好似《聊斋志异》里的狐仙，神态异样，只说些如烟的往日——我们所不要听的故事。

黄昏不久，便寂静了。

至于其余的房间，其中住着的是许多的"死"：有白发的祖父母的"死"，有少女的堂姊姑母的"死"，还有中年的母亲的"死"。风之晨，雨之夕，它们在看管着这沉在缓慢的时间里的房屋。我疑心夏天它们也会出来在树荫下乘凉，冬夜必定是围着一座灰都早已冷却了的炭盆取暖呢。在它们身边也有些孩子在游戏。那是我同我的兄姊们扔在这里而不能带走的"童年"。

也不是夏，也不是冬，是一个春天的下午，我走进这所房中。一迈进大门，便遇见了我的"童年"。它是那样惊异地用手指着我："看这个外国人哪，穿着一身奇怪的服装，背上还背着的是什么呢？——是爱情吗？"我拉过它的小手，说："小小的人儿，说话不要带着辛尼克的气氛。你知道吗，我在外边经历了许多，认识了许多你不认识的人——其中有一位聪明的姑娘，你是做梦也梦不到的。我怎样地想呵，想把你引到她的面前，你给她鞠躬，你叫她一声亲爱的姊姊，她会吻一吻你的纯洁的眼毛呢。"我说着，它乱跳起来。我落泪了："不要跳呵，你应该把这去报告给母亲的'死'。"

我同它走到院里，树底下坐着一位老太婆，她睁开她的八十岁的花眼："这是谁呢，这样高高的个儿？我，二十年前的姜妈，我怎能忘记这个家呀，一做梦就梦到这里来了。如果主母没有死，说不定我今年还在这里。""童年"柔顺地贴在她的身边。——钟鼓楼的定夜的钟声开始响了，我请求她："姜妈呀，原来是你，我是从外边回来，我今晚还同你睡吧。"她耳朵有点聋："先生，您说什么？"

我一抬头，母亲的"死"已经走到廊下，它依稀地仿佛是认得我。它是影一般地沉默，影一般地严肃。我大声嚷着："好寂寞的母亲的'死'呀！"它有如梦里的人有话无声："自从这房里没有了母亲的身体，便有了我的足迹了。我没有母亲的怀，不能拥抱你，但是日夜都为你祝福，在这古老的钟声响了的时候。一夜就走吧，外边有你的世界，你的生命，你的爱情。我将同着我的同伴们长久地住在这里，直到这房子塌毁了以后——"它这样说，我的"童年"在一旁瞪着眼睛一点也不懂，它只告诉它，说它有一个聪明的姊姊……

朋友，我一夜就走了。那衣柜里装着些什么东西，我时时刻刻地想打开看，可是终于未敢打开。但，我为什么又想起波德莱尔的《游子》那首诗呢？那"游子"爱着奇异的云，我却爱着一个云一般美丽的女子——从那所老屋里走出来的我，这个爱着益发深沉了。

彩色的鸟

（一封短信当作序）

编辑先生：

　　我们的生活艰难而严肃，终日绷着脸工作，难得有一瞬间真正的快乐。幸亏我有两个女儿，由于她们，邻家的孩子们常常到我家里来。晚饭后，他们便利用我休息的时候，围着我叫我讲故事。我想，从《格林童话》到《稻草人》，从《西游记》到《阿丽斯漫游奇境记》①，他们都是听惯了的。我讲

---

① 即现《爱丽丝漫游奇境》一书。编者注。

什么呢？我讲我自己的故事吧。这些故事也许是贫乏的，没有趣味的，但是他们不能从第二个人的口里听到，因为这些故事是我自己的。我不但讲了，而且还要写给《大公园地》，其中有两个原因：第一是因为我曾经真正感到过片时的快乐；第二是因为《大公园地》如果是一个公园，就不妨像许多公园似的，开辟一片小草地供儿童们在上边玩耍，不要单纯看大人们的愁眉苦脸。不知你以为如何？

在热带地方是不难看见羽毛美丽的鸟儿的，但是在北方，在我的家乡，最普通的鸟儿只是喜鹊、鸽子、乌鸦、麻雀。你们想，这些鸟儿不是灰色的，就是黑色的，不然就是白色的；它们的羽毛怎么会十分美丽呢？但是我一打开我的图画书，就不同了，里边的鸟儿有蓝色的、绿色的、紫色的、白色的……它们真是美丽呀，若在我的笼子里哪怕是只养这么一只，我已经心满意足了。

可是，笼子里边只有麻雀，房檐底下只有鸽子窝。一天，还有一个人送给我一只乌鸦，长得那样丑，声音那样难听。母亲说，把它放了吧，我还有一些舍不得。天天饲养着这类鸟儿，有多么单调。

我问父亲："书上的彩色的鸟儿我们这里怎么都没有呢？"

父亲说："它们在这里不适宜生存。"

"不适宜生存"，我却有些不懂，什么叫作不适宜生存呢？

父亲继续说："水里的鱼不能在陆地上生存，空中的鸟儿不能在水里生存。冬天若是把你放在一个冰冷的房子里，你就会冻出病来。这都叫作不适宜生存。南方的彩色的鸟儿都惯于温暖，所以不喜欢飞到我们这个冷的地方来。"

我听着，似懂非懂，我只是更思念彩色的鸟儿了。但是彩色的鸟儿怎么也飞不到我们的天空。我想，既然没有彩色的鸟儿，我就要制造彩色的鸟儿。

母亲能够把衣服染成蓝色、红色、绿色，我为什么不把我的麻雀也染成蓝色、红色、绿色呢？一天，母亲在染衣服，我就把各样的颜色都偷偷地留起来一点。午后，母亲的衣服都染完了，挂在院子里飘扬，非常好看。我就开始从笼子里把麻雀取出来一个染一个。有的染成蓝的，有的染成彩色，一切都按照我的心意，染完了一个，觉得比图画上画的还好看些，心里很高兴。我自言自语：“我们这里也有彩色的鸟儿了。”

第二天一睁眼，就想去看那些彩色的鸟儿。但是走到笼前一看，已经有三只鸟儿死了，等到下午，又死了几只。最后只剩下一只还活着。这只是没有全身染遍了颜色，我只在它的翅膀上染了一点红。我看着这些活泼泼的鸟儿一只一只地死去，很懊丧，我只好把它们埋在房后的空地里。忙了一天，到了晚上，我才得休息。同时我自己想：“无论如何，我是有过彩色的鸟儿了，可惜它们这么快地就死去了。大半这就是父亲所说的道理吧，彩色的鸟儿在我们这里不适宜生存。”

表里的生物

我小时候，住在一座小城里，城里没有工厂，所以也没有机械的声音。我那时以为凡能发出声音的，都是活的生物，早晨有鸟儿叫得很好听，夜里有狗吠得很怕人，夏天蝉在绿树上叫，秋晚有各种的虫在草丛中唱不同的歌曲；钟楼上的钟不是活的，有时却洪亮地响起来，那是有一个老人在敲，街心有时响着三弦的声音，那是一个盲人在弹。哪里有死的东西会自己走动并且能自动地发出和谐的声音呢？

可是父亲怀里的表有时放在桌子上，不但它的秒针会自己动转，并且它坚硬的表盖里会发出清脆的声音：嘀嗒，嘀嗒……没有一刻的休息，这声音比蝉鸣要柔和些，比虫的歌曲要单调些。一天我向父亲说："我爱听这表的声音。"我一边说一边就向着表伸出手来。

父亲立刻把我的手拦住了，他说："只许听，不许动。"停了一会儿，他又添上一句说，"小孩子不许动表。"

他这么说，增加了表的神秘。"不要动"，里边该是什么东西在响呢？我对于它的好奇心也一天比一天增加。树上的蝉，草里的虫，都不轻易被人看见，我想，这里边一定也有蝉或虫一类的生物吧。这生物被父亲关在表里，不许小孩子动。

越不许我动，我的手指越想动，但是我又不敢，因此我很痛苦。这样过了许多天。父亲一把表放在桌子上，我的眼睛就再也离不开它。有一次，父亲也许看我的样子太可怜了，也许自己有什么高兴的事，他向我笑着说："你来，我给你看看表里是什么在响，可是只许看，不许动。"

没有请求，父亲就自动给我看，我高兴极了，同时我的心也加紧跳动。父亲取出一把小刀，把表盖拨开，在我的面前立即呈现出一个美丽的世界：蓝色的、红色的小宝石，钉住几个金黄色的齿轮，里边还有一个小尾巴似的东西不住地摆来摆去。这小世界不但被表盖保护着，还被一层玻璃蒙着。我看得入神，唯恐父亲再把这美丽的世界盖上。但是，过了一会儿，父亲终于把表盖上了。父亲的表里边真是好看。

此后我就常常请求父亲把他的表打开给我看，有时父亲答应我，有时也拒绝我，这要看他高兴不高兴。一回，父亲又把表打开了，我问："为什么还蒙着一层玻璃呢？"

"这就是叫你只许看，不许动。"父亲回答。

"为什么呢？"我又问。

"这摆来摆去的是一个小蝎子的尾巴，一动就要蜇你。"

我吓了一跳，蝎子是多么丑恶而恐怖的东西，为什么把它放在这样一个美丽的世界里呢？但是我也感到愉快，证实我的猜测没有错：表里边有一个活的生物。我继续问："为什么把那样可怕的东西放在这么好的表里？"

父亲没有回答。我只想，大半因为它有好听的声音吧。但是一般的蝎子都没有这么好的声音，也许这里边的与一般的蝎子不同。

后来我见人就说："我有蟋蟀在钵子里，蝈蝈儿在葫芦里，鸟儿在笼子里；父亲却有一个小蝎子在表里。"

这样的话我不知说了多久，也不知道到什么时候才不说了。

1944年

猫 儿 眼

母亲有一枚戒指，上面镶着一颗宝石，和猫的眼睛一样，我问母亲："这是什么石？"

母亲说："这是猫儿眼。"

当时我很不喜欢这颗猫儿眼。哪有眼睛只有一只的呢？

母亲说："这种宝石虽然不很贵，但是大小一样的一对，也不很容易配。"

"那么，"我说，"我宁愿爱猫的真眼睛，它们总是一对，不大不小，完全一样。它们的瞳孔又会变化。谁爱这样的死东西呢。"

母亲笑着不理会我，从此我就爱看猫的眼睛。尤其是那变来变去的瞳孔，早晨和晚上是圆的，正午就变成一道线。

"你手上的猫儿眼有这样有趣的变化吗？"

母亲笑着，先是不回答我，随后说一声："没有。"我更觉得得意了。

在没有灯的黑暗的屋子里，我常常一不留神，就碰到桌子上、凳子上，猫却是跑来跑去，它从来没有碰到过。有一回它在最黑暗的地方捉到了一只老鼠。

"你的猫儿眼有这样好的眼力吗？"我又刁难母亲。

母亲更没有法子回答了，我更得意了。同时我心里想："母亲，你把你的猫儿眼戒指扔掉吧，就是不扔掉，也要收起来才好。"但我不敢说出口来，只是感到骄傲，母亲手指上的猫儿眼，既是一只，又没有变化，又看不见老鼠，哪里有真的猫眼睛好呢？

从此我就因为眼睛而更爱我的猫了。

经过几个月，一天早晨，有人来告诉我说，不知为什么我的猫死了。有人说是病死的，有人说是被邻家的狗抓死的。我不管死的理由，急急忙忙跑到死猫的身边。我看它卧在廊檐下一动也不动。眼皮垂下来，再也看不见它的一对大圆眼睛了。我想，眼皮把这一对眼睛蒙住了，我若扒开它，这对眼睛一定还是那样美，我还可以向母亲骄傲。但是我把它的眼皮一扒开，哪里还有眼睛，简直像是两团用灰土和成的泥被涂在那里。

这一瞬间，我哭了。我跑到母亲那里，我什么话也说不出，我望着母亲手指上的猫儿眼仍旧放着光彩，一点也没有变，我几月的自得，几月的骄傲，一时都消散了。

1948年

儿时的庭院

最近有人问我："你的童年往事，如今还常常思念的是什么？"

我不假思索地回答："夏夜在院子里乘凉，秋日在院子里望天空的云彩。"

夏天晚饭后，天黑了，室内不点灯，怕招蚊子，大家都坐在院子里乘凉。家里的庭院相当大，周围是平房，遮拦不住广阔的天空，只觉得天上的星格外多，星光格外灿烂，银河也格外明显。那时我五六岁，父亲在外边奔走衣食，母亲带着一个女孩、三个男孩，还有一个我们称呼姜妈的女仆，过着清苦的生活。我是男孩中的第二个。母亲怎样为生活劳累，惦念远方的父亲，我体会不到，只记得常常在下午无人来往，日影缓慢推移时，她一人坐在屋里不知在想什么，怪孤单的。那情景真是冷冷清清。可是晚饭后，在院子里乘凉，情况就不一样了。大家有说有笑，大人好像忘却了一天的辛苦，孩子们也不担心犯错误受大人的斥责。讲故事，谈往事，有的是道听途说，有的是亲身经历，一晚又一晚从不间断。母亲熟读《今古奇观》《聊斋志异》一类的书，谈起那些书里的故事，娓娓动听。附近钟鼓楼上传来定更的钟声，钟声悠扬，紧敲十八响，慢敲十八响，三紧三慢共敲一百零八响，不仅对我们没有干扰，反而更增添寂静和清凉的气氛。

我们的姜妈出谜语、讲故事，很能即景生情。她望着满天星斗，说出一个谜语叫我们猜："青石板，板石青，青石板上钉银钉。"她望着银河，还给牛郎织女的传说"艺术加工"，仙女们怎样下凡在湖边洗澡，牛郎怎样追赶织女，王母娘娘怎样从头上取下一支簪子画出一条银河，说得有声有色，好像她亲眼看见过似的。有一时盛传有扫帚星出现，在天空的东北角，我们仿佛也看见过一次（如今我知道，那是1910

年一度出现的哈雷彗星）。姜妈又有话说了，扫帚星一出现，天下就要大乱，她还能举出荒诞的事例说明。我们前院住着一位叔祖，他有一个儿子比我大三四岁，常常提着灯笼走来，在四处墙根底下寻找蝎子，为的是到药铺里用蝎子去换梅苏丸，这药丸味酸甜，据说可以清火。他不理我们，我们也不理他，互不相扰。可是姜妈又有所感了，她转身看一看墙角下的灯光，抬头望一望天上的上弦月，又说出两句谜语："天上的弓弯不得，墙上的琵琶弹不得。"

有一次来了一个客人，他接连不断地述说鬼的故事，都是我从来没有听过的，有男鬼，有女鬼，有阴森可怕的鬼，有俊俏迷人的鬼，说得我越怕越想听。最后我毛骨悚然，仿佛鬼就在我的身后，不敢回头。客人走后，我不知是怎么跟着母亲走进屋里的。

立秋后，暑气渐消，乘凉的次数也逐渐减少。只记得农历七月十五是目连僧救母的中元节，那天晚上孩子们每人领到一扇荷叶，叶中心插上一支点燃的蜡烛，举着荷叶灯，在院中排成队伍绕几个圈子，却没有大人参加——也就是这一年夏夜乘凉最后的一幕。

我九岁时，母亲不幸逝世，夏夜乘凉的"盛事"也不会再有了。那时我已经上小学，放学回来，走进庭院，只觉得空空旷旷，十分寂静。姜妈还在我们家里，也变得沉默寡言，再也不向我讲故事、说谜语了。我独自在院里徘徊，有时也在屋檐下伫立，不知做什么才好。秋日的下午，蓝色的天空更为广阔，时有浮云来去，云形经常变化，正如杜甫诗里说的"天上浮云似白衣，斯须改变如苍狗"。我已经有些地理知识，并且对地理很感兴趣。我望着浮云的形象，一会儿像骆驼形的山东省，一会儿又变成拱手老人似的江苏，我就在天空绘制我想象中的地图。目送浮云，神驰千里。间或有排成人字形的大雁从云端飞过，它们好像真要带领一个儿童去看看千里外一些地方的奇景。

1992年2月22日

师友的面貌

忆朱自清先生

远在二十五年前，我读到过一部诗集《雪朝》，是八个人的合集，其中有一位是朱自清。封面是黄色的，里边的诗有一个共同的趋势：散文化，朴实，好像有很重的人道主义的色彩。那本诗集现在已经很不容易得到了，并且里边的诗我一首也不记得，但根据我模糊的印象，我可以说，假如《雪朝》里的诗能够在当时成为一种风气，发展下去，中国的新诗也许会省却许多迂途。只可惜中国的新诗并没有那样发展下去，中间走了许多不必要的歧路，而《雪朝》中的八个作者也在中途有的抛掉了诗，有的改变了作风。其中真能把那种朴质的精神保持下来，不但应用在诗上，而且应用在散文上以及做人的态度上的，据我所知，怕只有朱自清先生吧。

我最初遇见朱先生是在1932年的夏天，那时我住在柏林西郊，他在清华任教休假到伦敦住了一年，归途路过柏林。我请他到我住的地方谈过一次，过了几天又陪他到波茨坦的无忧宫去游玩过。他很少说话，只注意听旁人谈讲；他游无忧宫时，因为语言文字的隔阂，不住地问这个问那个，那诚挚求真的目光使回答者不好意思说一句强不知以为知的话。此后他就到意大利从威尼斯登船回国了。三年后，我也回国了，和他却很少见面，见了面也没有得到过充足的时间长谈。至于常常见面，能谈些文学上的问题时，则是共同在昆明西南联合大学教书的那几年。

　　他谈话时，仍然和我在柏林时所得到的印象一样。他倾心听取旁人的意见，旁人的意见只要有一分可取，他便点头称是。他这样虚心，使谈话者不敢说不负责任的话。他对我的确发生过这样的作用，我不知道别人在他面前是否也有过同样的感觉，但愿他的诚挚和虚心——这最显示在他那两只大眼睛上——曾经启迪过不少的人，应该怎样向人谈话。

由虚心产生出来的是公平，没有偏见。党同伐异，刻薄寡恩，在朱先生写的文字里是读不到的。他不是没有自己的意见，但他对于每个文艺工作者都给予分所应得的地位，不轻易抹杀任何一个人的努力。去年"五四"，北大举行文艺晚会，我和他都被约去讲演，我在讲演时攻击到战前所谓象征派的诗，夜半回来，他在路上向我说："你说得对，只是有些过分。"今年7月4日，我到清华去看他——这是我最后一次见他——他已十分憔悴，谈起一个过于主观的批评家，他尽管不以那人为然，却还是说："他读了不少的书。"

　　一个没有偏见的、过于宽容的人，容易给人以乡愿的印象，但是我们从朱先生的身上看不出一点乡愿的气味。一切在他的心中自有分寸，他对于恶势力绝不宽容。尤其是近两年来，也就是回到北平以来，他的文字与行动无时不在支持新文艺以及新中国向着光明方面的发展。他有愤激，是热烈的渴望，不过这都蒙在他那平静的面貌与朴质的生活形式下边，使一个生疏的人不能立即发现。他最近出版的两部论文集《论雅俗共赏》和《标准与尺度》是他最坦白的说明。他一步步地转变，所以步步都脚踏实地；他认为应该怎样，便怎样。我们应该怎样呢？每个心地清明的中国人都会知道得清楚。

不幸他在中途死去。中国的新文艺失却一个公正的扶持人，朋友中失却一个公正的畏友，将来的新中国失却一个脚踏实地的文艺工作者。

现在我如果能够得到《雪朝》那本诗集，再把他历年的著作排列在一起，我会看见他在这一世纪的四分之一的时间内走着一条忠实朴素的道路。

1948年

笑谈虎尾记犹新

1974年6月，我有一次访鲁迅故居，看见鲁迅当年的工作室"老虎尾巴"一切都保持原来的样子，靠近书桌的壁上挂着藤野先生的照片，对面壁上是集《离骚》句的对联："望崦嵫而勿迫，恐鹈鴂之先鸣。"回想起我在1926年拜谒鲁迅先生时的情景，恍如昨日，但是这中间过了将及半个世纪，祖国经历了天翻地覆的变化。当时我写成一首绝句：

四十八年前旧事，

笑谈虎尾记犹新。

大田转眼迷阳尽，

劲草春华竞吐芬。

这里的"迷阳"（即荆棘）、"劲草""春华"，都是鲁迅晚年诗中用过的词汇。鲁迅用"迷阳聊饰大田荒"形容当时中国人民在国民党反动派残酷统治下颠沛流离、田野荆棘满目的荒凉景象；但是鲁迅的革命乐观主义精神深信中国的革命一定会胜利，他在毛主席领导的中国共产党身上，"寄托着人类和中国的将来"，为此他写出"血沃中原肥劲草，寒凝大地发春华"这样充满信心的诗句。而今大地上，荆棘不断被芟除，代替的是劲草与欣欣向荣的春华竞吐芬芳。鲁迅若是能看到今天的新中国，该会感到多么欣慰呵！我那首诗就是表达这种心情于万一。

20年代中期，我在北京大学读书，从一般的课堂里，并没有得到多少有益的东西，作为精神的食粮、灵魂的药饵，则是鲁迅与封建复古派、帝国主义洋奴们战斗的小说和杂文。鲁迅的文章，在《语丝》《莽原》等刊物上几乎每星期都有新的发表，我们争购、传诵、讨论，有时也和外地的朋友通信谈读后的感想。可是我们都还年轻，阅历浮浅，对鲁迅深刻的思想和写作时的心情，体会是很不够的。此外，则是鲁迅每周一次的讲课，与其他枯燥沉闷的课堂形成对照，这里沸腾着青春的热情和蓬勃的朝气。这本是国文系的课程，而坐在课堂里听讲的，不只是国文系的学生，别系的学生、校外的青年也不少，甚至还有从外地特地来的。那门课名义上是"中国小说史"，实际讲的是对历史的观察，对社会的批判，对文艺理论的探索。有人听了一年课以后，第二年仍继续去听，一点也不觉得重复。1924年暑假后，我第二次听这门课时，鲁迅一开始就向听众交代："《中国小说史略》已印制成书，你们可去看那本书，用不着我在这里讲了。"这时，鲁迅正在翻译厨川白村的《苦闷的象征》，他边译边印，把印成的清样发给我们，作为辅助的教材。但是鲁迅讲的，也并不按照《苦闷的象征》的内容，谈论涉及的范围比讲"中国小说史"时更为广泛。我们听他的讲，和读他的文章一样，在引人入胜、娓娓动听的语言中蕴蓄着精辟的见解，闪烁着智慧的光芒。对于历史人物的评价，都是很中肯和剀切的，跟传统的说法很不同。譬如谈到秦始皇，他说："许多史书对人物的评价是靠不住的。历代王朝，统治时间长的，评论者都是本朝的人，对他们本朝的皇帝多半是歌功颂德；统治时间短的，那朝代的皇帝就很容易被贬为'暴君'，因为评论者是另一个朝代的人了。秦始皇在历史上有贡献，但是吃了秦朝年代太短的亏。"谈到曹操时，他说："曹操被《三国演义》糟蹋得不成样子。且不说他在政治改革方面有不少的建树，就是他的为人，也不是小说和戏曲中歪曲的那样。像祢衡那样狂妄的人，我若是曹操，早就把他杀掉了。"当时听讲的人，若是有人能够把鲁迅讲课时重要的讲话记录下来，会成为很可宝贵的一部资料，可惜没有人这样做过。

我对于鲁迅先生的敬重，随着他与北洋军阀和为其效劳的"正人君子"们的斗争的深入，与日俱增。我想去拜访他，但由于感到自己渺小，怕干扰他的工作，几次都欲行又止。只是把与几个朋友合办的文艺刊物按期送给他，有时邮寄，有时在听讲后面交，面交时也不曾说出自己的名姓。直到1926年4月，鲁迅发表了《野草》最后一篇《一觉》，对我们的刊物给予很大的鼓励，我十分激动地读了这篇散文，同时也增强了访问的决心。

那时，北京笼罩在极其混沌、黑暗、恐怖的气氛中。北洋军阀段祺瑞在3月18日大肆屠杀青年学生，又下令通缉所谓"暴徒首领"，随后谣诼纷纭，流传通缉人数竟达五十名之多，其中也有鲁迅。在4月底，鲁迅曾在法国医院避难。现在从《鲁迅日记》中知道，在4月30日夜里他曾回家一次，5月1日的晚间又去医院。也正是5月1日的下午，我和一个共办刊物的朋友访问了鲁迅先生，那时我们并不知道鲁迅在外避难，而只是这一天在家里。我们走到鲁迅先生家门前，女仆把门打开，看见我们的面孔生疏，有些犹疑不定，她不说在家，也不说不在家，经过我们恳求，才进去通报。但鲁迅先生对我们热情接待，<u>丝毫没有流露出在避难中暂时回家的神情</u>，他跟我们谈到我们的刊物，谈到俄罗斯的小说，并问我们共同办刊物的几个朋友的情况，占去了他多半个下午的时间。他的谈话亲切而随便，后来我们再次访问时，青年人在敬重的前辈面前常有的拘束之感很快便消逝了。我们提问题，他都给以中肯的、明确的回答。我们也曾问到壁上那个穿西装的日本人的照片是什么人（那时他还没有写出收在《朝花夕拾》里的《藤野先生》），他便把他和这位日本医学教授的关系讲给我们听，怀着深厚的感情。他的谈话风趣横生，并不讲述什么"大道理"，但我们从他那里回来，每次都感到有了宝贵的收获，听到了在任何一个别的地方所听不到的话。

1926年暑假，鲁迅已决定去厦门，我不在北京，我的几个朋友去看他，他取出一本德文译本的莱蒙托夫的《当代英雄》，叫他们转送给我。我不记得在什么地方读到过，鲁迅在日本留学编译《域外小说集》时，也曾有过翻译《当代英雄》的计划。他自己没有译出，希望有年轻的人能译出。莱蒙托夫的这部小说，后来有两三种中文译本，但是我辜负了鲁迅先生的盛意，并没有翻译，只是把这本鲁迅先生的赠书一直珍藏到现在。

1927年以后，随着中国革命形势的深入发展，鲁迅的思想起了巨大的变化，从革命民主主义者转变为共产主义者。现在他的著作在新中国社会主义革命和社会主义建设中放射出更为灿烂的光辉。

祖国的山河再造，人民的思想更新，个人的往事变得十分遥远，越远越微小，小得微不足道，唯有青年时期跟鲁迅先生的一些接触，以及从他那里得到的启示和教益，并没有随着时间的过去而消逝，反而备感亲切。

1976年7月9日

相濡与相忘——忆郁达夫

　　1962年，香港友人赠给我一册陆丹林编的《郁达夫诗词钞》，我读后在书的末页空白处写了一首旧体诗：

　　　　展读诗词二百篇，

　　　　两当、海涅忆华年；

　　　　寒风凛冽旧书肆，

　　　　细雨氤氲冷酒边。

　　　　浩劫中原家国毁，

　　　　投荒南岛志节坚；

　　　　晨曦将现人长暝，

　　　　彩笔难题解放天。

这首诗后半写的是郁达夫晚年不幸的遭遇，惋惜他没有看到全国的解放，他那清新俊逸的文笔也无缘描绘新中国的山水人物了。诗的前半是回忆20年代（主要是1924年）在北京我和几个朋友与达夫交往的情景。

1921年创造社的出现、《创造》季刊的出版是中国新文学史上一个具有重大意义的事件。当时不少爱好文学的青年读到作为"创造社丛书"第一种的《女神》，都被那些气势磅礴、富有时代精神的诗篇所震动，他们顿开茅塞，预感新中国将从旧中国自焚的火焰中诞生。不久，丛书的第三种《沉沦》问世了，作者大胆地写出一个久居异国的青年精神上和生理上的忧郁和苦闷，在文艺界激起强烈的反应，它被抱有同感的青年读者所欢迎，也受到一些卫道者的诟骂，一时毁誉交加，成为一部有争议的作品。这时，周作人在《晨报副刊》上发表一篇评论《沉沦》的短文，给《沉沦》以公平的评价，并启发读者，应如何看待这部小说。此后，《采石矶》《春风沉醉的晚上》等名篇陆续发表。郁达夫读者的范围也就更扩大了。那时，住在上海的浅草社的朋友林如稷、陈翔鹤常与达夫交往，他们给我写信有时也提到他。

1923年下半年，北京大学经济系教授陈启修（豹隐）被学校派往苏联考察经济，他推荐郁达夫代替他讲授统计学。我听到这个消息，非常兴奋。那时我刚满十八岁，从来不曾拜访过名人，可是郁达夫，我从朋友们的信中知道，他为人如何率真，如何热情，尤其是对待爱好文学的年轻人，这使我下决心要去认识他。当时位于北京北河沿的北京大学第三院主要是政治、经济、法律三系学生上课的地方，我按照学校注册科公布的郁达夫授课的时间和地点，于10月18日下午准时走进一座可容八九十人的课室，里边坐满了经济系的同学，我混在他们中间，我知道，我期待的心情跟他们是不一样的。上课钟响了，郁达夫走上了讲台，如今我还记得他在课堂上讲的两段话。他先说："我们学文科和法科的一般都对数字不感兴趣，可是统计学离不开数字。"他继而说："陈启修先生的老师也是我的老师，我们讲的是从同一个老师那里得来的，所以讲的内容不会有什么不同。"这两段话说得那样坦率，我感到惊奇，我已经念过四年中学，两年大学预科，从来没有从一位教员或教授口里听到过这类的话。这对于那些一本正经、求知若渴的经济系的同学无异于泼了一盆冷水。而且刚过了半个钟头，他就提前下课了，许多听讲者的脸上显露出失望的神情。可是我很高兴，可以早一点去找他谈话。我尾随着他走进教员休息室，向他做了自我介绍，还说陈翔鹤给我写信常常提到他。他详细地问我是哪省人，住在哪里，学什么，会哪种外国语，我也问他是不是第一次来北京，对北京有何感想，等等。我们谈了有半个多小时。此后，我再也没有去听他的课，不知他是怎样讲授那离不开数字的统计学的。可是他下课后有时顺路来找我，因为我住在距离北大第三院很近，被称为"三斋"的宿舍里。他约我出去走走，北京的气候渐渐进入冬季，也没有多少可供玩赏的去处，我们多半是逛逛市场，逛逛旧书摊。东安市场里有十几家小书店，出售的书籍中有不少是上海扫叶山房石印的线装蓝布套的诗文集、笔记、小说等。我向达夫说："我读了你的《采石矶》才知道黄仲则，我的《两当轩全集》就是在这里的一家书店里买的。"他笑着说："扫叶山房的老板应该谢谢我，我的那篇小说不知给他推销了多少部本来不大有人过问的《两当轩全集》。"关于黄仲则的诗，他并没有向我谈过他在《采石矶》里引用的诗篇，以及"似此星辰非昨夜，为谁风露立中宵"等名句，却对《焦节妇行》一诗赞叹不已，他说："这首诗写的恐怖而又感人的梦境，中国诗里真是绝无仅有，西方的诗歌间或有这种类似的写法。"

有一次，北京刮着刺骨的寒风，我想不起是什么缘故了，我们来到宣武门内头发胡同的"小市"。这"小市"有卖旧衣、旧家具的，有卖真假古玩的，也有卖旧书的。（鲁迅在教育部任佥事时，就常路过这里买些小古董。）那天的风很大，尘沙扑面，几乎看不清对面的来人。我们走进一家旧书店，我从乱书堆里抽出一本德文书，是两篇文章的合集，分别评论《茵梦湖》的作者施笃姆和19世纪末期诗人利林克朗这两个人的诗。郁达夫问了问书的价钱，从衣袋里掏出六角五分钱交给书商，转过身来向我说："这本书送给你吧，我还有约会，我先走了。"实际上那天我身边带的钱连六角五分也凑不起来。

1923年底（或1924年初），陈翔鹤从上海来到北京后，我和郁达夫见面的机会多起来了。1924年是我们交往比较频繁的一年。我不止一次地和陈翔鹤、陈炜谟一起到西城巡捕厅胡同他的长兄郁曼陀的家里去看他。他住在一大间（按照北京的说法是三间没有隔开的）房子里，一面墙壁摆着满架的图书，有英文的、德文的、日文的，当然也有中文的。我翻阅架上的书，在一本德文书的里页看到他用德文写的一句话："我读这书时写了一封信，叙述了对于结婚的意见。"这可能是他在日本留学时写的，可是我想不起来这是一本什么书。这时，他向我推荐海涅的《哈尔茨山游记》。他说："这篇游记是我读过的最好的散文里的一篇，写得真好。"我听了他的话，就找出这本书来读，书中明畅的语言、尖锐的讽刺、对自然美景生动的描绘，把一座哈尔茨山写得活灵活现，并引起我的愿望，将来把它译成中文。我们在他那里谈外国文学、中国文学，也谈文坛上的一些琐事。他曾应翔鹤的要求，把他喜欢读的外国文学作品开列一个清单，有二十几种，我记得的其中有斯特恩的《感伤的旅行》、王尔德的《道林·格莱的画像》、海涅的《哈尔茨山游记》、凯勒的《乡村里的罗密欧与朱丽叶》、屠格涅夫的小说等。有一次我们正谈得兴高采烈，郁曼陀从院中走过，也进来打个招呼，随即走去了。

有时郁达夫和我们不期而遇，便邀我们到任何一个小饭馆里小酌。我难以忘记的是一个晚春的夜里，断断续续地下着迷蒙小雨，他引导我们在前门外他熟识的酒馆中间，走出一家又走进一家，这样出入了三四家。酒，并没有喝多少，可是他的兴致很高，他愤世嫉俗，谈古论今，吟诵他的旧作"生死中年两不堪，生非容易死非甘……"直到子夜后，大家才各自散去。

达夫也喜欢独自漫游。那时一般人游览只懂得近则公园，远则西山，达夫则往往走到人们不常去的地方，而且有所发现。一天，大约是将放暑假的时候，他向我说，朝阳门外三四里的地方有一座荷塘，别饶风趣。我听了他的话，便和一位姓张的同学，出了朝阳门，按照达夫形容的方向走去，果然三四里外，看到一片池塘，荷花盛开。我们在池边的小亭里坐下，从附近的小饭馆买了包子和面条，也很适口。同时，不远的地方传来管弦清唱的声音。我当时想，这必定是北京本地人的常游之地，外来人不大知晓罢了。我没有打听那地方的地名，也没有再去第二次。如今那一带已是高楼大厦，那荷塘、那小亭，早已寻找不出一点遗迹了。

1925年2月，郁达夫去武昌师范大学任教，这年暑假把他的家属移居在北京什刹海附近，此后他往返于武昌、北京、上海、广州各处，在北京几作停留，都是时间不长，我们见面的机会也渐渐稀少了。

郁达夫有时到鲁迅新居的老虎尾巴、到周作人的苦雨斋闲谈，他跟现代评论社的一部分成员也有交往，他众中俯仰，不黏不滞，永远保持他独特的风度。

庄子的《大宗师》和《天运》里同样有这么一段话："泉涸，鱼相与处于陆，相煦以湿，相濡以沫，不若相忘于江湖。"鲁迅晚年，写文章和写信一再提到这句话前半句里的"相濡以沫"，这意味着在黑暗重重的社会里，处于困境的进步力量要互相协助，像困在陆地上的鱼吐着口沫互相湿润那样。但庄子全句的主要含义并不在此，而是说与其这样以沫相濡，倒不如回到江湖里彼此相忘。"相濡"与"相忘"是两种迥然不同的人生态度。但是郁达夫，这两种态度则兼而有之。他对待朋友和来访的青年，无不推心置腹，坦率交谈，对穷困者乐于解囊相助，恳切之情的确像是"相濡以沫"。可是一旦分离，他则如行云流水，很少依恋故旧。我从1926年后，再也没有见到达夫，我们各自浮沉在人海中，除了我仍然以极大的兴趣读他的《迟桂花》《钓鱼台的春昼》等著名的小说与散文外，也就"相忘于江湖"了。

1984年8月27日写于青岛

[附记]

这篇短文是我受陈子善同志的嘱托，为他编辑的《郁达夫回忆录》写的。当时在青岛疗养，资料缺乏，文中所记大都是从记忆里掏出来的。写好后就寄给陈子善同志编审付印，并在《散文世界》1985年第一期发表过一次。后来杨铸同志给我送来他父亲杨晦同志保存的我在20年代写给他的信数封，其中有一信记有顺治门（即宣武门）小市买书事，与文中所记颇有出入。但文已发表，不便改动，仅将信里的话抄在下边，作为更正。由此可见，人的记忆是多么靠不住。

摘录1924年11月30日自北京中老胡同 23号寄给杨晦的信："……今天午后（也是狂风后）我一

个人跑到顺治门小市去看旧书。遇见达夫披着日本的慢斗也在那儿盘桓。他说他要写一篇明末的长篇历史小说。我随便买了一本 Liliencron 的小说。他约我到他家喝了一点白干。归来已是斜阳淡染林梢，新月如眉，醉酥欲醉了。"

1986年5月2日补记

学习之风气

外乡人与读书人

　　儿童时住在故乡的小城里，天天接触的都是本地人，他们在这里好像生了根，无人不把这座城当作他自己的城。但是也有时候，忽然从远方来了一个生疏的人。人们若是谈起他来，就把他称作"外乡人"。"外乡人"这个称呼，听着总带有几分神秘性，仔细寻味，却有两个不同的甚至相反的意义在这个名词里含蕴着：人们觉得外乡人很有本领，能够做些本地人所不能做的事，"远来的和尚会念经"，是一个很普遍的谚语；同时又看他是一个到处漂流、没有根底的人，人们轻视他，尤其是对于他的行为往往很怀疑，没有人肯跟他交朋友，更没有家庭肯和他结成亲戚的关系。同样情形，若是一个人走到另一个环境里去，那里许多人彼此都很熟识，而他以一个生疏的面貌出现，也不免要身受两种不同的待遇：有时被人尊重，被人优待，被人"另眼看待"；有时又被人怀疑，被人看不起，被人"歧视"。"另眼看待"也好，"歧视"也好，反正都是"不平等"的待遇，自然这个"不平等"不只是被人看得低，也可以被人看得高。

我觉得，读书的，尤其是教书的或写文章的人们的命运在中国的社会里很有些和外乡人的命运相类似。所谓"文化人""知识阶级"这些名词在一般人的口里所含的意义，初听是人类文明的创造者、维护者，但仔细一寻味，还有旁的含义（这绝不是读书人的神经过敏），即是无用人的别称。翻开过去的历史，龙虎一般的英雄是这样看法，绵羊一般的庶民也是这样看法。当汉高祖叱咤风云与项羽争霸时，觉得读书人没有一点用处，若是有人戴着儒冠来见他，他就令人把儒冠脱下来在里边小便；等到他的曾孙汉武帝要征聘申公，又令人"安车蒲轮"去接他，尊之敬之唯恐不及。中国人的尊师之道，可以说是无微不至，世界上的任何一个民族不曾这样讲究过，但也正是在中国，侮辱先生、嘲笑先生的故事却分外多。从前一方面有"一日之师，终身为父"那样不近情理的格言，一方面又有"天棚鱼缸石榴树，先生肥狗胖丫头"把先生看成富豪人家的点缀品的俗谚。现在我们天天听到教育为立国之本的大议论，教书的人却受尽人间的肮脏气，因为他们懂得经济原理而不会发国难财，懂得机械原理而不肯去开汽车运私货，于是成为一般人嘲笑的对象："看，读书的人有什么用！"这类的话也可以说是从朱买臣的老婆就说起，一直说到现在。

读书人有这样的命运，是什么缘故呢？我想，他们在一般的社会里正和一个生疏的人在一座小城市里一样。在中国，人虽然很多，但是到现在为止总不外乎这两种：一种自觉是治人的，一种自觉是治于人的。而读书人出现于这两种人之间，既不能雷厉风行地治人，也不能俯首听命地被人治。他们有时要分是非，辨真假，这对于那两种人并不一定是必要的，而他们偏偏认为必要，于是他们有些"特殊"了。他们中间还有一些人，涉身处世懂得一点"见利思义"和

"有所不为"的道理，于是他们的举动在一般人的眼里就更不可解了。因此他们的神秘性并不下于一个在小城市里出现的外乡人。其实，那外乡人又何尝神秘呢？他既不见得有什么与众不同的本领，也不见得有什么道德的缺陷，他受人"另眼看待"，受人"歧视"，他同样感到痛苦。至于读书人，也没有什么特殊，他们只不过对于事物愿意分辨分辨是非真假，遇事愿意考虑考虑什么应该做什么不可以做，这是他们的本分，正和一个建筑师应该把房子盖得坚固，一个木工应该把桌椅做得平稳一样，人们对他们不必尊敬，也不必侮蔑。对于那些时而尊敬他们，时而侮蔑他们的人们，读书人却可以说："请你们把这两件礼物都收回吧。如果你们真有一颗尊敬的心，就应该把它呈献给使你们向上的'神'；如果你们真有不能不吐的唾沫，就应该把它吐给使你们堕落的'鬼'。如果你们认不清什么是神，什么是鬼，读书人却愿意替你们分一分。"

1944年

书和读书

——昆明往事之七

　　读书人与书的关系，不像人们想的那样单纯。有人买书成癖，琳琅满架，若是你问他，这些书都读过吗？他将难以回答，或者说，哪里能读这么多，或者说，先买下来，以备不时之需。与此相反，有人身边只有少量的几本书，你问他，近来读些什么？他会毫不迟疑地回答，读的就是这几本。这两种情况我都有过。前者是在当年的北平即现在的北京，后者是在战争时期的昆明。这正如在一个地方住久了的人，对那里所有的特点失去敏感，经常注意不到，纵使有什么名胜古迹，总觉得随时都能去看，结果往往始终没有去过，倒不如短期来游的旅客，到一个地方便探奇访胜，仔细观察，留下深刻的印象，甚至一生难忘。我在昆明，仅有摆在肥皂木箱里的几十本书，联大图书馆里的书也很贫乏，若相信开卷有益，任意浏览，是不可能的。幸而清华大学带来一部分图书，外文书放在外文系的图书室里，都是比较好的版本，我经常借阅，这是我读书的一个主要来源。其次是昆明为数不多的旧书店，里边好书也很少，但我在出卖用过的旧书时，也会偶然发现一两种稀奇或有用的书籍。此外，我在1942年3月，出乎意料在法律系办公室里看到几十本德语文学书，这是法律系教授费青在德国留学时买的，由此可见这位法学家读书兴趣的广泛，也许是因为生活困难，他把这些书卖给学校了。书放在法律系，无人借阅，可能我是唯一的借阅者。总之，书很有限，而且得来不易，那么，自己带来的书，就翻来覆去地读；借来的书要按期归还，就迅速地读；旧书店里买来的书，就爱不释手地读。这样，我读书就不能随意浏览，而要专心致志了。

我从1941年春起始翻译并注释《歌德年谱》，从外文系图书室借用四十卷本的《歌德全集》。这部

《歌德全集》是德国科塔出版社为了纪念出版歌德著作一百周年于本世纪初期约请研究歌德的专家们编纂的，虽然有些过时，但还有学术上的权威性。那时我下午进城，次日早晨下课后上山，背包里常装着两种东西，一是在菜市上买的菜蔬，一是几本沉甸甸的《歌德全集》。我用完几本，就调换几本，它们不仅帮助我注释《歌德年谱》，也给我机会比较系统地阅读歌德的作品。实际上也不能全读，有时只查一查与年谱有关的地方，参照我随身带来的袖珍本《歌德书信日记选》《歌德与爱克曼的谈话》《歌德谈话选》等，解决了不少问题，也加深了我对于歌德的理解。而且外文系的图书室不只有这部《歌德全集》，还有几部研究歌德的专著，若是没有这些书，我自从1943年以后发表的几篇关于歌德的论文是写不出来的。

至于法律系办公室里的德语文学书，我只看作是一个意外的发现，里边不是没有好书，却不是我当时迫切需要的，我借阅过几次，是些什么书我记不清了。

值得怀念的是青云街的一个旧书店，它并没有什么珍本奇书，但我在那里买了几本书，对我很有意义。1942年3月17日的日记："卖旧书一百三十元，买《圣经辞源》二十元。"1943年6月26日的日记："购《清六家诗钞》。"这两种书都是袖珍本，便于携带，至今还收藏在我的书橱里。《圣经辞源》可能人们认为是一种不值一顾的书，在米价一石超过千元的1942年，仅用二十元就能买到，几乎等于白送。可是它对我很有用，这是一本《圣经》里人名、地名、重要事件和词汇的索引，并有较为详细的解释，用它查阅中文本《圣经》，非常方便。直到现在我还常常使用它。《清六家诗钞》是日本印的清刘执玉编的清初六诗人宋琬、施闰章、王士祯、赵执信、朱彝尊、查慎行的诗选，线装袖珍四册，几乎每首诗都有日本近藤元粹的眉批，前有近藤的序文，写于明治四十年（1907），序文里声明他并不喜欢清诗，所以他的评语有褒有贬。我对于这六位诗人也不感兴趣，不过看看日本学者怎样评论他们，也不无意义。

在我购买《清六家诗钞》的前两天，我6月24日的日记写道："欲买杜少陵诗已售出，知为丁名楠购去。"25日的日记："丁名楠持来杜少陵诗相让，盛情可感。"这可能是我在24日以前就看到了杜少陵诗，由于袋里的钱不够没有买，再去时书已卖出，当时遇到丁名楠的一位同学，他把丁名楠买去的事告诉了我，又把我没有买到的事告诉丁名楠。在书籍非常缺乏的时期，丁名楠肯把刚买到的书让给我，真是盛情可感，同时我也要感谢那位传递消息的好心人。丁名楠是联大历史系同学，现在是很有成就的历史学者。

这部杜少陵诗是仇兆鳌的《杜少陵诗详注》，合订二册，属于商务印书馆的"国学基本丛书"，不是什么好版本。自从抗战以来，我就喜读杜诗，苦于身边没有杜甫的全集，如今得到这部平时很容易买到的仇注杜诗，我却视如珍宝。我一首一首地反复研读，把诗的主题和人名、地名以及有关杜甫的事迹分门别类记录在"学生选习学程单"的背面，这种"卡片"我积累了数百张。杜甫的诗和他的为人深深地感动我，我起始想给杜甫写一部传记，这时《歌德年谱》的注释工作中断已将及两年了。

歌德的著作与杜甫的诗是我在昆明时期主要的读物，读得比较仔细，比较认真，我之所以能这样，不是由于书多，而是由于书少的缘故。此外，我也以热情和兴趣读我随身带来的陆游的诗、鲁迅的杂文、丹麦思想家基尔克郭尔的日记、德国哲学家尼采的个别著作、奥地利诗人里尔克的诗和书信。这些读物对于我的写作都有或多或少的影响。尤其是写杂文，虽然针对现实，有时也需要从书本里得到一些启发，或是摘引一两句名言警句，给自己的文章增加点分量。

《十四行集》里有三首诗分别呈献给鲁迅、杜甫和歌德，现在看来，这三首诗未能较好地体现出他们的伟大精神，我只是在当时认识的水平上向他们表达了崇敬的心情。而且这部诗集里有些篇章，字里行间也不难看出里尔克的影响。

陆游诗中有许多脍炙人口、广泛流传的名句，《示儿》一诗，在抗战时期更为人所称道。但是我最钦佩他《送芮国器司业》一诗："往岁淮边虏未归，诸生合疏论危机。人才衰靡方当虑，士气峥嵘未可非。万事不如公论久，诸贤莫与众心违。还朝此段宜先及，岂独遗经赖发挥。"这种政见，忧国忧民的杜甫不曾有过，辅佐魏玛公爵的歌德也不曾有过。又如《西村醉归》里的诗句"一生常耻为身谋"和"剑不虚施细碎仇"，都曾给我以教育。

比较复杂的是基尔克郭尔和尼采。前者生活在欧洲19世纪中叶，后者在19世纪末期。他们在世时非常孤立，死后也是毁誉参半。他们透视资产阶级社会的虚伪、欺骗和庸俗气，如见肺肝，他们毫不容情的揭露与批判无不入木三分。可是他们目无群众，把人民群众跟资产阶级社会混为一谈，这是他们的致命伤。最后基尔克郭尔在丹麦成为众矢之的，在哥本哈根街上散步时昏倒死去，尼采患神经错乱与世长辞。我读他们笔锋锐利的论战文字，时常想到鲁迅在《坟》的《题记》和《写在〈坟〉后面》里的两段话。鲁迅说："我的可恶有时自己也觉得，即如我的戒酒，吃鱼肝油，以望延长我的生命，倒不尽是为了我的爱人，大半乃是为了我的敌人……要在他的好世界上多留一些缺陷。"他还说："先前也曾屡次声明，就是便要使所谓正人君子也者之流多不舒服几天……"我并不要把基尔克郭尔与尼采跟鲁迅相比，甚至给人以替他们辩解的印象。他们的确给他们那时代的伪善者和乡愿们的"好世界"多留下了一些缺陷，使他们的日子过得不那么舒服。这是他们值得肯定的积极的方面。我看到社会上光怪陆离难以容忍的种种现象感到苦闷时，读几段他们的名言隽语，如饮甘醇，精神为之振奋。至于他们蔑视群众、强调个人、自命非凡的方面，往往在我的兴奋中被忽略了。记得在1941年秋，可能是参加一次欢迎老舍的聚会，会后晚了，不能回山，我和闻一多在这天夜里住在靛花巷教员宿舍里。我们过去并不熟识，只因他读了我写的一篇介绍基尔克郭尔《对于时代的批评》的文章，甚为赞许，我们一直谈到深夜。

　　我在昆明读的书不多，那些书的作者却对我说了些真心话，话的种类不同，有过时的老话，有具有现实意义的新话，有的给我以教育，有的给我以慰藉，如今我怀念和他们的交往，也跟怀念当年与朋友和同学们的交往没有两样。

1985年

我在四中学习的时候^①

　　明年是北京四中建校八十周年的纪念。在八十年内它培育了成千上万的青年学生，为祖国的教育事业做出了不可低估的贡献。我作为四中的学生于1916年至1920年度过一段值得怀念的青少年时期。那时，四中正从它建校后的第一个十年进入第二个十年，与八个十年相比，可以说是十分辽远的往日了。而且四年的学习，时间也是短促的。但在那既辽远又短促的时期内，国家、学校以及我个人，都经历了一次巨大的变化——1919年发生了轰轰烈烈的五四运动。

　　中国从旧民主主义革命转入新民主主义革命，以

---

　　① 本文原载《北京四中建校八十周年纪念册》（1987）。

五四运动为转捩点，这是众所周知的，无须在这里多说。我只想谈一谈学校和我个人的变化。

四中建校于清朝末期，名顺天府府立中学。可能是在辛亥革命后民国初年改称为京师公立第四中学。我于1916年暑假考入四中，学校里房舍一部分还保留着封建官府的格式。走进高台阶的黑漆大门，坐北朝南是一座两明一暗的大厅，隔开的一间是校长办公室，打通的两间是教员休息室兼会客室。厅前花木茂盛，这大厅与其说是办公室，倒不如说像是某某官府别院里的一个花厅。还有位于校内中央的一座小亭，亭上匾额写着"漱石"两个字，我一看见那两个字，头脑里便发生疑问，石头怎么能在口里漱呢？后来才知道这是《世说新语》里记载的晋朝士大夫们故弄玄虚、强词夺理的一种坏习惯，说什么"漱石枕流"，分明用水漱口，却要用石，分明可以枕石而眠，却要头枕流水，而且还说出一番道理。后世有些自命"风雅"的人士，不问根源，不顾实际，只觉得把石和水的作用一颠倒，便意味无穷，引入"美感"，于是按照附近有石或有水的不同情况，在园林中亭阁的匾额上题写"漱石"或"枕流"等字样，这是屡见不鲜的。四中的这座小亭，想必是顺天府府立中学初建时的建筑，"漱石"二字，我后来虽然知道了它的出处，但它对于中学和中学生有什么意义，我仍然百思不得其解，日久天长，我对它也就不加理睬，它好像丧失了它的存在。

一排几大间单调而呆板的课室，半中不西，充分显示出清末民初时毫无风格的建筑"风格"。还有两排分割为三四十间的宿舍，里边住着家属不在北京的教师和来自外省外县的学生。我前三年住在亲戚家里做走读生，很羡慕住宿同学的生活比较"自由"，经过一番努力，我在最后的一个学年也迁入学校。使人难以忘却的是课室南的校园，那里春秋两季每天清晨是一片读书声；课室北有高大的槐树成荫，因而学校里当时唯一的一个课外组织叫作槐阴会。学校在十周年纪念时，曾以槐阴会的名义举行过一次盛大的游艺会，招待教育界人士和学生家长。"槐阴"虽不像

"漱石"那样不切实际，但它没有时代特点，也体现不出任何教育方针。这个会，我不知它始自何时，也不知它终于何日，大半在"五四"前后它不言不语地自行消逝了。

"五四"前，我在四中学习的三年内，国外的大事是第一次世界大战和十月社会主义革命，国内是军阀混战，中间还穿插了一幕张勋复辟的丑剧，学校里则静如止水，教师和学生按部就班地上课下课，开学放假，对那些事件不曾有过什么显著的反应。教师大都朴素无华，按照课本讲授，我从中得到一些应得的知识，但他们不能使我对他们所教的课程发生更大的兴趣，有时还感到沉闷。与此不同的是教数学的黄先生①和教国文的潘先生②，我们上这两位先生的课时，精神格外集中，课室内的气氛格外活跃。黄先生讲解数学，浅近易懂，善于引导学生解决难题而且要求加强速度，使我这一向对数字感觉迟钝的人对代数、几

---

① 黄自修先生。
② 潘云超先生。

何也有了爱好。潘先生，我在回忆性的文章里不止一次提到过他，这里我还要重复几句。潘先生评文论事有独到的见解，他有中国正统思想以外的一种反正统精神，他讲《韩非子》时，批评孔子，讲《史记》时，反复发挥"窃钩者诛窃国者侯"这句话的意义。他常嘲笑《古文观止》里的文章，如今回想起来都有些过分。他并没有当时已经问世的《新青年》所传播的进步思想，但是他在我的头脑里为我在"五四"后接受新文化铺设了一条渠道。

五四运动一起始，静如止水的四中立即掀起波澜。1919年的5月4日是星期日，第二天星期一我走进校门（那时我还是走读生）便看到全校沸腾，气象一新。"打倒卖国贼""废除二十一条""收回青岛"等小条标语转瞬间贴遍了墙壁和树干。紧接着是走出校门，宣传讲演，自动地成立学生会，派代表参加学生联合会，罢课游行，跟反动的北洋军阀政府进行斗争。

暑假后学校开学，教师却有了变化，我们最尊敬的两位先生离开了我们。潘先生因为在《益世报》上发表一系列支持学生运动的署名社论，被反动的北洋军阀政府判处一年徒刑，黄先生调往北京另一个中学去当校长，他们介绍了两位教师来接替他们。黄先生介绍的，据说是他本人的老师，可能姓陈，我记不清了；潘先生介绍的是他的学生，姓施①。我当时想，黄先生的老师必定比黄先生有学问，不料这位老师，不善于教学，上课就讲，对学生从不发问，跟学生毫无联系，他在讲台上讲他的，学生在下边干学生的，使我这对于数学有了爱好的学生又恢复了迟钝。我上了一年"三角"课，也买了一本《盖氏对数表》，结果是茫茫然不知"三角"为何物。如今我真难以想象学期结束时，这门课我是怎么考试及格的。可是直到现在，还常梦见自己对"三角"一无所知，便无可奈何地走进考场，最后是从焦急中醒过来，才算是得了救。与"三角"课相反的，是施先生的国文课。施先

---

① 施天侔先生。

生向我们介绍西方文学的流派，讲解《庄子》，扩大了我的眼界，活跃了我的思路。他年轻，却很认真，对学生要求严格。他常说写文章要简洁，不要拖沓。有一次我写了一篇作文，力求"简洁"，自以为一定会得到好评，想不到作文簿发下来后，打开一看，有这样的评语："写得上气不接下气，什么事催得你这样忙。"我一时真是大失所望，再转过来看一看这篇力求"简洁"的文章，才渐渐认识到这样的评语是分所应得的。因此我对施先生更增加信任。这两位先生教学效果的不同，在我中学临毕业时解决了将来"学文乎，学理乎"的问题。

一些传播新文化提倡新文学的报纸杂志，在"五四"前我们连名称都不知道，这时都不胫而走地进入了宿舍和课室，我们从中学到了许多过去不懂的道理，也获得不少从前难以想象的知识。这些道理和知识虽然还有人认为是离经叛道的狂言谬论，但我们只要阅读后略有领会，便如大梦初醒。当时一些醒了的青年，觉得既然醒了，就不仅要读要听，而且要说要做，全国各地的新文化刊物便雨后春笋一般成长起来。北京的中等学校中，高级师范附属中学出版了《少年》，赵世炎烈士曾经是这刊物的创办人之一；北京师范学校有人组织"觉社"，也出版一种刊物。我和同班的几个同学看到这种盛况，跃跃欲试，经过几度商量，在1920年寒假后也决定办一个小刊物，命名为《青年》。我们不知天高地厚，只觉得自己有话要说，不愁没有文章，最大的困难是印刷费从何而来。我们都是穷学生，怎么省吃俭用，也拼凑不出印刷费用，虽然每期只需要十几元钱。唯一的办法是拿着募捐簿向教师们募款。我们先找校长，校长写下了四元，这就等于给应捐的数目定下了"调子"，随后找各位教师，一般都写二元，也有写三元或四元的。我难以忘记的是一天晚上，我和另一个同学走到施先生的屋里，向他说明了来意，他毫不迟疑，拿起笔来在簿子上写了"十元"。施先生只教我们一班，教师中他的工资是比较低的，他这样做，是对我们的极大支持，我们很受感动。

刊物出版后，其内容的幼稚、肤浅，自不待言。但那时有一种风气，只要是提倡新文化、反对旧礼教的刊物，便"同声相应，同气相求"，不管刊物的水平高低，彼此都亲如同志，因为面前存在着极为浓厚的封建势力和帝国主义的侵略。我们把《青年》寄往全国各地新刊物的编辑部，在封面印上"请交换"三个字，各刊物便源源寄来。我们收到的刊物，质量不知比《青年》高出多少倍，这是名副其实的抛砖引玉。但有时也招来一点麻烦。有一次收到河南开封省立第二中学几个同学的来信，大意说，他们办的刊物也叫作《青年》，出版在我们的《青年》以前，为了避免发生误会，要我们改换刊名。我们的刊物已经出了两期，不便改变名称，只好在《青年》下边加上了"旬刊"二字。许多年后，我们才知道，开封二中的《青年》是曹靖华和他的几个同学创办的。

我们效法《新青年》，在一般性的论文与文艺作品后，每期写有几条随感录，批评社会上或学校内不良的风气。批评社会，没有人反对，有时还受到称赞；谈到校内时，便有人提出质问，"你们办刊物是专来骂人的吗?"这使我懂得了一种"世故"，批评的对象越带有普遍性，人们越觉得与己无关，只要略微触及具体的人或事，就会有人受不了，给以责难。《青年》出了四期，便因经费告竭停刊了，它思想浅薄，文字幼稚，一无可取，至多不过是在新文化战场的边缘上起了点摇旗呐喊的作用。可是它在我的思想里播下了一颗以办刊物为乐事的种子。

《青年》停刊后，我四年旧制中学的生活也接近尾声，经过了一段不太紧张的毕业考试之后，我不无留恋地离开了第四中学。

如今四中早已不是我所描绘的当年的容貌了。新中国成立以来，四中在党和政府的领导下，由于历届师生的努力，它的教学成绩在北京享有盛誉。最近又建筑了新的教学楼，增添设备，进行现代化的教学，匾额"漱石"的小亭和简陋的教室想已不存在了。可是我只能按照个人的经历谈那既辽远又短暂的四年内的一些往事。虽然如此，这也可以说明，在中国最黑暗的时期，有些教师怎样勤勤恳恳地教学，给学生以启迪，有些青年是怎样向往光明，五四运动是怎样神速地促进了他们的觉醒。我已年过八十，我写这篇回忆，设身处地，好像还怀有在四中做学生时的心情。人们常说，写回忆是老年人面前无路可走的一种征象，我这时却觉得，回忆可以使人再现青春。

祝四中随着时代不断前进，永葆青春！

1986年4月13日

"但开风气不为师"

——记我在北大受到的教育

　　我于1921年至1927年在北京大学过了六年的学生生活，又从1946年到1964年在北大过了十八年的教员生活，若是把在昆明西南联合大学七年的教学也算在内，则共二十五年，因为在组成西南联大的清华、南开、北大三校中，我是属于北大编制的。论时间，我做教员的时期比当学生的时期多三倍甚至四倍；论地点，当年在闹市中不相连接的北大一院、二院、三院，更不能与盛称湖光塔影、饶有园林之美的如今的北大相比。但我经常怀念的是在简陋的校舍里学习的那六年。因为那时，在北大独特的风格与民主气氛的熏陶下，我的思想渐渐有了雏形，并且从那里起始了我一生所走的道路。雏形也许是不健全的，道路也许是错误的，但我从来没有后悔过，只要提起北大的彼时彼地，便好像感到一种回味无穷的"乡愁"。

人们常说，北大有光荣的历史，实际上北大早期的历史（即京师大学堂时与改称北京大学后的初期）并不光荣，而是很腐败的。学校里不知学术为何物，学生到这里来只为取得将来做官的资格。当时北京前门外的酒楼妓院盛传它们主要的顾客多来自"两院一堂"，"两院"是参议院、众议院，"一堂"是社会上还沿用"大学堂"名称的北京大学，其腐败的情况可想而知了。至于北大发生质变，成为五四运动的发源地，成为新文化运动的先驱，则是从1917年蔡元培来北大任校长起始的。读蔡元培晚年写的《我在北京大学的经历》和《我在教育界的经验》二文，便会知道，蔡元培是怎样以坚决的气魄按照自己的教育理想，改造北京大学的。他来到北大，一步也不放松，采取一系列对症下药的措施进行改革，北大也日新月异，逐渐显示出新的风貌。蔡元培的为人则蔼然可亲，从容不迫，从来不表现他有什么赫赫之功。他延聘的教师，有的革新，有的守旧，有的反对旧礼教，有的维护儒家正统，只要他们言之成理，持之有故，都听凭他们在课堂上讲授，何去何从，让学生判断，自由选择。不同主张的教师尽管争辩得不可开交，甚至水火不能相容，可是对于蔡元培，都是尊敬的。作为一个校长，这是一种多么感人的力量！所以不到两三年，北大便从一个培养官僚的腐朽机构一变而为全国许多进步青年仰望的学府。我并不怎么进步，却也怀着仰望的心情走进北大的校门。

我不记得胡适在什么地方引用过龚自珍《己亥杂诗》里的一句诗"但开风气不为师"，表示他自己的主张，但在某种意义上这句诗也可以看作是当时北大的校风。龚自珍写《己亥杂诗》时，正当鸦片战争的前夕。他看到国是日非，读书人只一味地学讲师承，文宗流派，这都无益于国计民生，更重要的是唤人觉醒，打破万马齐喑的局面。辛亥革命后的六七年内，跟龚自珍所处的时期有些相似。反动的封建势力步步不肯退让，接连不断地演出袁世凯称帝、张勋复辟的丑剧。人们的思想窒息，生活麻木，在阴暗而闭塞的屋子里，迫切需要打开窗子放进新鲜的空气。北京大学的变革对当时的中国社会的确起了开风气的作用。

我刚到北大时，首先感到惊讶的是，我一向对《新青年》《新潮》《少年中国》等著名刊物的撰稿者都很钦佩，如今其中有不少人名列在北大教师的队伍中。我顿时觉得北大真是气象万千，别有天地，从此可以亲聆那些人的教诲了。但事实并不是我想象的那样。日子久了，我很少看到一个教授或讲师对学生耳提面命，更没有听到过有什么学生程门立雪，表示求教的虔诚。我个人在北大六年，也从来不曾想过，认谁为业师，更谈不上我是谁的及门弟子。那么，我所得到的一知半解都是从哪里来的呢？回答说，是北大开放了的风气给我的。

我说一知半解，不是自谦之词，因为我北大毕业时，回顾自己的学业，并没有掌握了什么万能的治学方法，占有多少研究资料，只不过在课堂内或课堂外，关于怎样做人，怎样作文得到过一些启发，而做人与作文又不是能够截然分开的。

蔡元培认为大学里应培养通才，学文史哲与社会科学的要有自然科学知识，学自然科学的要有文史知识，这样不至于囿于一隅。当时北大的预科分文理两部，课程就是根据这个精神安排的。后来我入本科德文系，同时也选修国文系的课程，得以中西比较，互相参照。蔡元培提倡美育，在学校里建立画法研究会、书法研究会、音乐会，我有时听音乐演奏，参观书画展览，开拓了眼界。懂得一点艺术，接受一点审美教育，对于学习文学是有所裨益的。

我是德文系学生，在那里主要是学德语和德语文学知识。在思想上给我影响较多的是国文系的教师，鲁迅在北大国文系，每星期只上一节课，讲"中国小说史"。后来利用这一节课的时间讲他翻译的厨川白村的《苦闷的象征》。关于鲁迅上课时的盛况，以及我从中得到的启发和教益，我在《笑谈虎尾记犹新》和《鲁迅与沉钟社》两篇回忆文章里有较详细的记载，不再重复了。但是我不能不从中抄录一句："他讲课时，态度冷静而又充满热情，语言朴素而又娓娓动听，无论是评论历史，或是分析社会，都能入木三分，他的言论是当时在旁的地方难以听到的。"我还记得鲁迅讲《苦闷的象征》，讲到莫泊桑的小说《项链》时，他用沉重的声调读小说里重要的段落，不加任何评语，全教室屏息无声，等读到那条失去的项链是假项链时，我好像是在阴云密布的寂静中忽然听到一声惊雷。

我喜欢诗，常去听讲诗的课。沈尹默擅长书法，也是诗人，我听他讲唐诗，他有时离开唐诗本文，谈他个人写诗的体验。有一次他谈青年时写诗，很像辛稼轩一首《采桑子》里所说的"爱上层楼，为赋新词强说愁"，并不知道愁是什么滋味。我听了这话，不禁反思，我曾在晚秋时跑到陶然亭，春雨中登上动物园的畅观楼，寻词觅句，说愁诉苦，我又何尝懂得人世间真正的愁苦！想到这里，我对于我本来就很幼稚的诗产生了怀疑。我也听过黄晦闻讲汉魏乐府和六朝诗。黄晦闻是反对新文学的，但他治学严谨，为人耿介，他在他的《阮步兵咏怀诗注》的"自叙"里说，

"余职在说诗，欲使学者由诗以明志而理其性情"。一天上课，讲到鲍照的《代放歌行》，这诗为首的两句"蓼虫避葵堇，习苦不言非"，我不记得他是怎样讲解的了，我那时却很受感动。尽管有的注释家说蓼虫指的是小人，不理解旷士的"甜味"，我则宁愿为了自己所要做的工作，像渺小的蓼虫那样，不品尝人间的"葵堇"，去过清苦的生活。

我读大学的时期，军阀混战连年不断，北京时而死气沉沉，时而群魔乱舞，可是北大所在的沙滩、北河沿一带，则朝气蓬勃，另是一番景象。尤其是1924年至1926年，《语丝》《现代评论》《猛进》等周刊相继问世，极一时之盛。每逢星期日早晨起来，便听见报童们在街上奔跑叫卖，花两三个铜板买来一份周刊，就能很有心得地度过一个上午。因为这些小型刊物的撰稿人主要是北大的教师和个别学生，他们通过这些刊物跟读者见面，无拘无束地发表各种各样的意见和感想，生动活泼，读起来很亲切。其中不少文章，提倡改革，无所忌惮地批评中国的社会和国民性。周作人介绍英国蔼理斯《性的心理研究》，分析道学家们的肮脏心理。鲁迅对现代评论派的斗争揭开了"正人君子"的本来面目。我从正反两面读这些刊物，进一步体会着道貌岸然的道德家与装腔作势的学者往往是靠不住的人物。可以说，不只是在教室内，更重要的是在教室外，构成了我思想的雏形，培育了我做人的态度和作文的风格。

除个别教师外，我很少听了某教师的课以后还登门请教。至于蔡元培，我在北大学习的六年内，他长期在国外，只有一年零四个月在校办事，其余的时间都由蒋梦麟代行校长职务。我一个普通学生和他更无缘相见，可是我无形中从他那里得到的感召和教益，如前所述，是终生难忘的。

另一方面，我在北大结识了几个朋友，我们志趣相投，哀乐与共，互相砥砺，交流读书心得，共同创办了一个文艺刊物《沉钟》。这刊物在当时热闹的文坛上默默无闻，却得到讲授"文学概论"的张凤举的支持，受到鲁迅的称赞。我从事文学工作，可以说是从这里起步的。近来阅读鲁迅的《华盖集》，在一篇题为《导师》的短文中有这样一段话："青年又何须寻那挂着金字招牌的导师呢？不如寻朋友，联合起来，同向着似乎可以生存的方向走。"回想那时我们朋友之间的情况，跟鲁迅的教导是相符合的。

限于字数，这里可以结束了。关于我的教师生活，不属于这篇文的范围，但我也想附带着说两句话。在我当教员超过四分之一世纪的时期内，我常常想到孟轲说过"人之患在好为人师"。这句话见于《孟子·离娄章句上》，与上下文毫无联系，不知孟轲为什么冒出来那么一句。后来在《孟子·尽心章句下》里又读到"贤者以其昭昭使人昭昭，今以其昏昏使人昭昭"，才恍然大悟，这句话正好是那句话的说明。因此我也告诫自己，我自知赶不上贤者的昭昭，但也不要强不知以为知，"以其昏昏使人昭昭"。

1988年1月11日

时为蔡元培诞生一百二十周年纪念日

怀念北大图书馆[1]

  我在北京大学当过六年学生，也当过十八年教师。在那里既读书又教书，若说跟那里的图书馆没有什么关系，这不可能，若说我跟它有难解难分的情谊，也不符合事实。因为北大图书馆以及它的"分支"都历尽沧桑，有过不少变化，我也就跟它有时疏远，有时亲近。

  我当学生的时候，北大图书馆主体设在北大一院红楼的底层，书库和阅览室都是利用与课室没有区别的大大小小的房间。所谓"分支"，我指的是那时各系办有自己的图书室，供本系师生使用。我从1923年至1927年在本科德文系学习，曾充分利用红楼三

---

  ① 本文曾以《怀念与感谢》为题，发表于1992年5月20日《文汇读书周报》。

090

层东北角德文系的图书室。这图书室非同小可，它具有德国大学里日耳曼学研究室的规模。20年代初期，德国战后通货膨胀，马克贬值，用少数外汇可以购得大批德文书。北大校当局有远见，不仅买书，还请来一位颇有声望的教授。这位教授著有德国文学史，出版过研究莱辛的专著，编过浪漫派女作家贝蒂娜·封·阿尔尼姆的全集，他的姓，译为中文为欧尔克。那些书主要是在他的建议下选购的。他热心指导编目，把图书安排得井井有条，从古德语文献到当代文学，名家的作品应有尽有，也有少量历史、哲学书籍以及德语翻译的其他国家的文学名著。这些书放在约二十座高高的书橱里，钥匙由一位年老的工友掌握。图书室也是系办公室，上午教师们在里边休息聚会，下午学生可以自由进去阅读，要看什么书，工友就打开橱门取出，当然不准带到室外。德文系的学生人数很少，走进去不愁没有座位。我在那里度过无数有意义的下午。除了温习功课、整理笔记、读教师指定的参考书外，也翻阅课业以外的书籍，如塞万提斯的

《堂吉诃德》、裴多菲的诗集等都是我在那里首次读到的。面对丰富的图书，只怨自己德语根底浅，有些名著还读不懂。我有时也在这幽静的环境里干些旁的事，写点诗和散文，或给朋友写信。我常常一坐就是几小时，直到工友要关门了，才走出来。在返回宿舍短短的路上，不管天气是好是坏，总觉得一身轻松，欣庆从书本上又获得了一些知识，懂得了一点道理。

十九年后，1946年，我又回到北京大学，在外文系教德语。这时北大图书馆早已不蜷伏在红楼的底层，而是有独自的建筑了，它的"分支"也大都回归主体。馆内有比较宽敞的阅览室，有几层楼的书库，底层东西两侧有两列研究室，供教授使用。我分得靠西边的一间，自己掌握钥匙，我在里边工作，有时一直到夜里闭馆的时候。那时北平进步势力和反动势力的斗争十分尖锐，岁月沸腾，群情激愤，我也参与一些活动，但一走进这间小小的研究室，就好像置身于另一个世界。这个世界没有外来的干扰，容许我全心全意做我最喜欢做的工作。我的教学任务是教德语，但我给自己的一个迫切任务是给杜甫写传。我在40年代后期写出《杜甫传》初稿的主要部分，不能不感谢北大图书馆给了我许多方便。图书馆领导不仅分配给我研究室，还准许我走进书库去找我需要的参考书。我找出杜集各种重要的版本，还有关于唐代地理、历史、制度的典籍，都是先从书库里取出，然后才办借书手续。那些书放在研究室里的书架上，使用时可以信手得来，真是一种享受。

在书库里翻阅书籍，时而也有意外的发现。有一次我从书架上抽出一本罗振玉编的《芒洛冢墓遗文续补》，不料其中收有一篇洛阳出土的《杜并墓志铭》。杜并是杜审言的次子、杜甫的叔父，死于为父报仇。《旧唐书·文苑传》里说"审言子年十三"，可是墓志铭里写着杜并"春秋一十有六"，相差三年，虽不重要，却也足以纠正史书上的一个错误。我记忆中还有一件小事。一天我在书库最上层一些未编目的书籍中见到一本德文版的《反杜林论》。我取下来翻阅时，里边掉下来一页信纸，是一个苏联人用德文写的。收信人的姓名从拼音可断定是罗章龙。据说罗章龙曾经是德文系早期的学生，也是北大马克思学说研究会的成员。我认为这页信与马克思主义在中国的传播有关，把它交给当时讲授博物馆学，并计划在北大建立一个小型博物馆的韩教授①，他的名字我忘记了。后来博物馆的设想没有实现，韩教授也逝世了，那页信也不知下落如何了。

1952年院系调整，北京大学迁到城外，这座图书馆楼不知后来派了什么用场。我常常怀念它。

我是1964年离开北大的。如今北大校园内建立了一座规模更大的现代化图书馆，我无缘享用。有时因事去北大，路过那里，只是从外边望望而已。

1992年2月24日

---

① 韩寿萱，陕西人，时为北京大学史学系副教授。

这样一个小学生

我在1986年和1988年先后写过两篇回忆性的文章，一篇记载我在中学时的学习，一篇述说我在大学受到的教育，为了凑成一组"三部曲"，我现在写一写我曾经是怎样一个小学生。

1913年春，我还没有满八岁，父母决定叫我入涿县唯一的两级小学的高小一年级。在这以前，我在家里学过一点算术，读过几篇《陋室铭》《爱莲说》一类的古文，他们认为我可以入高小一年级了。入学前夕，母亲怀着无限的爱和希望，给我准备入学的文具，墨盒和墨盒套，铅笔、毛笔和笔袋，还钉了几个笔记本。她那时在灯下专心制作的情景，我永远不会忘记。

我跟着我的哥哥走进学校的课室，只见黑压压一群人围着看我，我手足失措，置身于这么多人的中间，我还是第一次，其实全班学生不过四十人左右。上课了，老师讲些什么，我不懂，也听不进去。一天下午，上作文课，作文题目是"说车"。我打开作文本，不知在里边写什么才好。想来想去，只写出六个字"车之种类不一"，下边怎么写，我再也想不出来了。过了几天，校长来到课室，把我和几个同学一起抽出来，未加解说，便把我们送入初小三年级（那时高小学习三年，初小四年）。这就意味着，我入高小一年级不合格，只应入初级小学。

我在初小三年级读了半年。这半年学习相当顺利，如今我还记得国文课本里有"仪狄作酒，禹饮而甘之，曰后世必有以酒亡其国者"，以及"司马光少时，与群儿戏于庭，一儿堕入水缸中"等等的零星断句。算术似乎也有进步。可是家里却经受了一场最不幸的变故，我的母亲在这年6月2日因病逝世了，年仅三十五岁。

暑假后，我升入初小四年级。一天，校长来到课室，又把我和另外几个同学一起抽出来，又是不加解说，把我们送到高小一年级。半年前我从高小降至初小，如今又从初小越级升入高小，校方自有把我抽来抽去的理由，而我则糊里糊涂，听由摆布，也不问底细。后来还发给我一份奖品，说是上半年学习好，我自己也不明白好在什么地方。奖品不外乎是笔墨和练习本，我接受下来并不觉得怎么荣幸，可是拿到家里，父亲却很高兴，认为我学习好，有出息。他不无感慨地说："可惜你娘只知道你降级，没能看到你升级。"他说着说着便把奖品摆在母亲的遗像前，叫我对着无言的慈母鞠了三躬，告慰她的在天之灵。

到了高小一年级，跟初小时大不相同。初小同班的同学一般比我岁数大，但大不许多，一般能和平相处。可是在高小一年级，同学的年龄有了很大的差距。几个最年长的同学竟至十七八岁，比我大一倍，而且有的已经结了婚。他们多半是乡间土财主家的子弟，住在学校的宿舍里，校内校外，他们好像知道很多，因而也就能支配班里的是是非非。他们干些什么，我不清楚，他们中间谈些什么，我听不懂。他们常拿我取笑，他们不以十七八岁还上小学为可耻，反而把我的年幼"无知"看作是一个弱点，可以任意欺侮。其他年龄比他们小却又比我大的同学，慑于他们的"权势"，大都尾随着他们，不屑于理我。那时我有三重被人蔑视的身份：一、年幼，二、丧母，三、家业衰败。我终日独往独来，当时还不晓得这就是孤独和寂寞。

可是这三重身份之外，还应增添一重，学习成绩平平，因为我历届学期考试的结果都是名列丙等，我在高小三年从来没有品尝过乙等、甲等的滋味。其实，这也是咎由自取。对于学校里的各门课程，我缺乏全面观点。我最感兴趣的是国文和地理；觉得枯燥无味的是修身，这门课向小学生讲些不切实际的大道理，每篇课文后还附录一句格言叫学生背诵；至于手工、体操、唱歌，由于我笨手笨脚，喉咙不善于运转，经常是不及格的。这样，把各门课考试的成绩一平均，只有永居丙等了。

国文课本是用文言写的，内容有关于爱国主义、辛亥革命、历史人物的叙述，也有荷兰童子双手护堤、英国儿童乘气球等外国故事，都能开阔眼界，增长知识。课本里间或有两三篇清代名家的散文，如龚自珍的《病梅馆记》、薛福成的《巴黎蜡人馆记》，很能启发我的思路。老师有时还从《古文观止》和唐诗里选些名篇，如《桃花源记》《前后赤壁赋》《茅屋为秋风所破歌》《琵琶行》等，油印发给学生，他讲解，我似懂非懂，却觉得比课本里的文章精美得多，很快就能背诵。上作文课，也渐渐有的说，有的写，不那么提笔不知所云了。记得有一回老师出了个作文题"松柏后凋说"。我略加思索就写："松柏非不凋也，特后凋耳，新叶已出，旧叶始落也。"老师称赞我这句"破题"破得好，把我的作文读给全班同学听，这是我高小三年内仅仅享受过的一次"殊荣"。这位老师姓尚，常常当我不在时，向同学们夸奖我，说我有希望。

可是我辜负了尚老师对我的期望，我常在上别的课时丢丑。我最怕修身课。这门课一向由校长讲授，他板着脸讲些空话，一节课五十分钟，一秒一秒真不容易挨过，也不敢回头看墙上的挂钟，看离下课的时间还有多久。有一回，他正在滔滔不断地宣讲、我的头脑正在开小差不知想些什么时，他突然把我叫起来，叫我背诵某篇课文后的格言。格言不过二十几个字，我却背不出来，他不让我坐下，罚我站，还嘲笑我。下课后，同学们都散走了，我一人在空荡荡的课室里站了许久。

我爱听老师讲授地理课。从这门课里我知道世界上有那么多不同的地区，有那么多新奇的事物。我望着课室墙壁上悬挂的大幅世界地图，驰骋幻想，好像远方的城市山水都向我召唤。祖父的书架上有一厚本《瀛寰志略》，我经常翻阅，在家里赢得"地理大家"的称号。尤其是听到15、16世纪葡萄牙人、荷兰人航海探险以及哥伦布发现新大陆的事迹，更是不胜神往。我小学毕业后到北京考中学时，作文考题是"言志"，我在试卷上写，我将来要当一个航海的探险家。

祖父常给我讲章回小说里的故事。他对我说："《水浒传》《西游记》是用白话写的，容易读；《三国演义》是浅近的文言，也不难读；最难读的是《东周列国志》，里边头绪纷纭，许多段落是从《左传》照抄下来的。"我因为读过《左传》里的几篇短文，于是很想知道《东周列国志》是怎么难读。1915年农历十月，我去逛涿县北关的庙会，继母给了我二十五个铜板。我回家一进门就大声喊："二十五个铜板我都花掉了。"继母听了很高兴，以为我一定买了什么玩具或好吃的东西。她一盘问，我说买了一部石印的《东周列国志》，她感到失望，甚至责备我，说我乱花钱。幸亏祖父走了过来，给我打圆场，他说："这孩子想读《东周列国志》，足见他读书有了进步。"这事很快就在亲友中间传开，说我小小的年纪能读《东周列国志》了。

也是在1915年，继母有一次去北京，临行问我要不要什么东西，我说什么都不要，只希望能托人到商务印书馆给我买一本世界地图。在她将要回来的前几天，我更迫切地想念我将要得到的地图，以致夜里不能安眠，不断做着得而复失、失而复得的梦。等到她回来把一本新版的世界地图交给我时，我的兴奋是无法形容的。我爱不释手，欣赏这本地图，觉得它比课室墙壁上挂的那幅地图亲切得多了，远方的城市山水都好像近在眼前。

这两件小事，使我首次体会到买书的快乐和对于一本心爱的书在将要获得而尚未获得时的焦急心情。

1992年7月8日

书海遇合

我在青年中年时期，逛旧书店是一件乐事。那时无论是国内或国外，旧书店主人一般都很和蔼。你走进店门，主人任凭你巡视翻阅，不加干涉，有时还跟你攀谈，主动取出你感兴趣的书给你看。人们从中感到温暖，好像不是在进行商品交易，因此也就往往有意外的收获，这些收获对于别人或许微不足道，自己却总觉得回味无穷。

记得1932年，我在柏林，正以极大的热情读里尔克的诗和散文。里尔克早期的专著《渥尔卜斯危德画派》没有收入当时六卷本的《里尔克文集》里，我很想知道这是怎样一本书。正在这时，我在一家旧书店里忽然发现这本书的初版。店主人觉察出我愉快的神情，他又从书架上取出一本硬封面的小书，是里尔克《罗丹论》的上部，也是最初的版本。这两本书，价钱不贵，我不加考虑，便都买下来了，虽然六卷本的《里尔克文集》里已收有《罗丹论》上下两部。如今这两部著作都已收入十二卷本的《里尔克全集》，很容易读到，可是它们初印的版本如今在德国的旧书店已不容易找到，纵使找到，恐怕也成为稀世的珍品了。

与此同时，我起始读丹麦思想家基尔克郭尔的书。也是偶然，在一家旧书店里遇见一整套基尔克郭尔著作的德文译本，是欧战以前出版的，久已绝版。店主人告诉我，这套书原来的所有者是一位文艺评论家，名布拉斯，现双目失明，把藏书都变卖了。我用廉价买了这套书，见每册书的扉页上都有布拉斯的签名。在翻阅时，从一本书里掉下一页纸，上边写着"我刚从电影院回来，还要到电影院去"，没有署名，下边只写着一个"吻"字。我用不着猜想这一纸留言是什么人写的，只觉得它给这套不大容易读的书增添了一点人间的情味。

我在德国时有个德国朋友名鲍尔，他曾向我称赞岛屿出版社出版的袖珍本《歌德全集》印刷精美，便于携带。抗日战争初期他来中国在昆明教过两年书，后来去北平取道西伯利亚回国。我在1946年回到北平后，一天在东安市场专门出售外文旧书的中原书店的书架上见到鲍尔向我称赞的那部袖珍本《歌德全集》，但已残缺不全，只剩下几本，这几本内部印有鲍尔的戳记，书后还有他的笔迹。我又是不加考虑，从中买了两册，作为对于一个音讯久疏的朋友的纪念。到了1982年，我去德国，得与鲍尔重逢，我向他谈到《歌德全集》本，他说那时他回德国，因旅途不便，曾把一箱书和什物寄存在北平一个德国人的家里，至今下落不明。我回北京后，立即托人把我买的那两本给他带去，可以说不是"完"而是"残"璧归赵了。

　　到了50年代，我还是常去旧书店，有一次我在琉璃厂买到一部辛文房的《唐才子传》，书后有一简短的跋语"庚寅春正月二十三日海上收"，署名"黄裳";下边又补写两行："此董授经景日本互山本也，系玻璃版皮纸所印，原定价十四元，今于其书目中见之，因更记此。"我读到这跋语，又见书中有黄裳藏书的印记，不禁愕然。黄裳在40年代后期与我有文字交往，庚寅系1950年，他怎么得到这部书不久又把它卖掉呢？也许这里的黄裳是另一个人？不管怎样，这部书在我的手里仿佛增添了分量。

类似的事，我也从旁人方面略知一二。友人吕德申在四十年前曾向我说，他买到一部《四部丛刊》本的《论语》，封面上写有"赠废名[①]兄隐居西山，冯至"字样，这使我想起，是1929年的事，那时废名常到北京西山去住。无独有偶，《中国现代文学研究丛刊》1985年第二期里有朱金顺的一篇文章《冯至的〈十四行集〉》，说他在旧书摊上买到一本土纸初版的《十四行集》，这本小书"没有旧主人藏书印记，只在封面上有'从文用书'四字，是毛笔写的，不知是不

---

　　① 废名（1901—1967），原名冯文炳，湖北黄梅人，小说家。

是当年沈从文先生的收藏"。关于《十四行集》在书海里的浮沉，还有一事可记。1988年，舒婷向我说过，她藏有一本破旧的《十四行集》，不是从旧书店买的，却是在市场上一家菜摊子那里捡来的，那时菜商正用几本旧书垫菜筐，她从中发现了这本诗集。

茫茫书海，无边无际，一本本的书在其中的确是沧海之一粟，但它们好像有一种磁性，吸引着书的"有情人"向它们那边走去。

1991年12月24日

先哲的精神

仲尼之将丧

甚矣吾衰也，久矣吾不复梦见周公也。

仲尼自从春天去了以后，意味的阑珊，情绪的萧索，更甚于前年西狩获麟、《春秋》绝笔的时候了。那时他满心满意地想，世态是一年不如一年，我的《春秋》写到这里也尽够了。天哪！你总还可以多给我几年的生命吧；我要努力在我这未来的几年以内，把我们先哲传下来的一本《易经》整理一番；把我的哲学思想都借着这部古书表现出来，留给我的弟子们——咳，他们真是可怜，像是船没有舵，荒野浓雾中没有指南车呀。哪知到了现在，转瞬间就快要两年了，《易经》，一点没有着手；《春秋》，也有刻在竹板上的，也有涂在一卷一卷的树皮上的，错错乱乱地在他的房里堆积着，向来不曾有一个人来过问。就是那张古琴，伴着他流浪他乡，十四年总在身边的，现在挂在壁上，不但着了许多灰尘，并且结上许多蜘蛛网了。他每每在黄昏时节，倚着窗子望落日，领略着自然间的音乐，正在忘机物我①、融会一切之际，房子里便会发出来一种苍茫的音调，使他回转头来，目光懒懒地落在那张琴上，他这般伤感地自语，不知说了多少次了：

——当年从我困于陈蔡的故人们，死的死了，不死的也多半在远方，只剩下这张琴，寂寞无语的琴……

田垄间一望无边的大麦，都渐渐被南风吹黄。在这静的乡间，从黎明一直到日暮，只有一种简单的、博大的情调管领着；风雨都很少有什么变幻。风靡一世的楚晋争霸和吴越消长的狂飙怒浪，总激荡不到这

---

① 指忘记世俗、外物与自身。编者注。

里；正如幽谷的花木不曾有过一次的摇曳，深潭内的止水不曾起过一缕的皱纹。纯朴的农人们在他们工作之余，便聚在一起谈些荒诞的齐东海滨的故事，他们都知道仲尼读书知礼，是圣人的后裔；见闻广一点的，更知道他曾经做过短期的鲁相，就是所谓当时的诸侯大夫，也常常向他谈乐问礼，所以他们对于仲尼都存着一颗特殊的尊敬的心。或是河滨，或是原野，他们在那里又歌又舞时，若是一旦望见了仲尼走来，他那严肃的面孔，端正的脚步，岸然的态度，立刻使他们都鸦雀无声，歌的停了歌，舞的停了舞，静静悄悄地望着他，等着他走远了许久以后，才恢复他们原来的欢歌曼舞。甚至小孩子们，都听惯了他们父母的恐吓，"仲尼不是寻常的人哪"，所以连游戏都很少有在他的住房附近；虽然他的住房同旁人的是一样的简陋、狭小，三两间泥草砌成的茅屋。

今天早晨，仲尼起得分外早，这或是因为他近日神魂不安，时有噩梦萦绕的缘故。他扶着杖，立在门前，仿佛有什么期待似的，向着远方发呆。鸟儿们的晨歌将罢，草地上的露珠一颗颗地映着旭日的光；遍地的野花昂然向着这皤白老叟微笑，含着几分嘲讽的意味，像是还在替那两个争辩不清的宋国的童子问："你这自命圣者的圣者呀，到底是早晨的太阳近，还是正午的太阳近呢？"但是他对于这自然的景象，这时毫不注意；他只是想着，或者有一个弟子能够来吧，或者有什么人带来些外边的消息吧。等到了绝望的时候，便这般说："咳，他们也有他们自己的事，哪能影子一般地随我一生呢！"衰弱的目光无力地望着，北方的云雾已散，蔚蓝的泰山余脉，远远起伏地展现在他的面前了。

二十年前，奔走齐鲁之间，追慕着古代的风光，正是要把自己的理想实现在这乱世上最热衷的时期。一天独自一个人登上泰山的高峰，澄淳太清，齐鲁俱磅礴于茫茫大气之内，自己不觉得胸怀高朗：

——啊，当初登上东山，觉得鲁小，现在立在泰山顶，天下并不大呀！

现在呢，泰山依旧是那样嵯峨，可是旧日的气概一点也没有了，耳边只是缠绕着一个樵夫的哭声，凄凄婉婉地。心里忽地一片苍凉，宇宙都似乎冰化了一般，一个久已消逝了的泰山樵夫的影子，有如白衣的神显现在黑漆的夜色中，又回到他的意念之内了。

——樵夫哇，你是世间的至圣！当我们在泰山的幽径里相遇时，你哭得是恁般地苦闷，岩石为之堕泪，鸟兽为之惊心。我这愚蠢的人哪，我那时不但不能领会，还要问你为什么哭。樵夫哇，你说，你自伤，所以这般哀泣……茫茫天空，恢恢地轮……万物的无着无落，是这样锐敏地感动了你……你深入了人生的真髓、宇宙的奥秘；我直到今日，才能了解你！他的头脑昏眩，目光放出许多火花，泰山也似乎旋动起来，地在震动，远方的河水在沸腾……他颤着……

"泰山其颓乎！"

"梁木其坏乎！"

杖，被掷在一边，颓然坐在阶上了。两手托着颐。

——赐呀，你来了？来得怎么这么晚呢？

他远远望见一个衣冠楚楚的人，渐渐辨别了知道是子贡以后，慈母见了远方归来的游子一般，两目射出消逝了的旧日的光芒，迎上去，紧紧地握着子贡的手。

赐呀，你来得怎么这么晚呢！

子贡见他先生的神色、言语，都与往日不同，木鸡般地立住了。他忘记了种种的繁文，善于辞令的子贡，一个字都不知怎样说才好。

——先生……

——赐呀，你看这座泰山哪——方才的兴奋，立刻又归于消歇；手扶着子贡的肩，师生二人缓缓地走了几步。——你说它有时要崩颓吗？

——先生……

——寂寞呀……赐，你日日锱铢为利，你好久不到我这里来了……

子贡本来是因为货殖的事，由这里经过，顺便看看先生，并且想问一问他近来对于政治上的意见。哪知出乎意料，先生说出这样悲痛的话，是他从来没有听过的。

——先生，可是病……

——我哪里有什么病，只是昨夜做了一个梦。咳，这样的梦也不止一次了。你说，前面的泰山，有崩颓的那一天吗？

——先生，梦是无凭的；泰山是不会崩颓，如同哲人永不殒亡一样……

——赐呀……仲尼皱纹消瘦的颊上，缀了两颗绿豆大的泪珠了。

子贡慢慢地扶着先生又坐在台阶上，这时候太阳转到南方，被几片浮云遮护着。子贡站立在先生的身旁。等到浮云散开了以后，一只雄鸡高踞在树巅，叫起来了。

——赐呀，这是什么在叫？仲尼低着头。一切都在白昼的梦里迷迷蒙蒙的。

——先生，是一只雄鸡。

——啊，一只羽毛灿丽的雄鸡呀！他抬起头，对着那只鸡望了许久。假如仲由还在，恐怕又要把它射下来，把它的羽毛插在他的冠上；把它的血肉来供我的饍馔。可怜他金星随着太阳一般，傍着我车尘劳碌于卫楚陈蔡的路上，一日不曾离开过我；同我一块儿受着隐士们的嘲笑、路人们的冷遇。我又何益于他呢？他终于很惨怛①地死了！赐呀，你的故乡，近来又有什么消息吗？我对于旧游的怀念，再没有比卫国更浓厚的。我的多少弟子故人还都在那里滞留哇。

　　——自从听说出公跑到鲁国以后，那里沉寂得有如一座古井。

　　——咳，卫呀，淇水涟涟，绿竹漪漪——他又异样地兴奋了——我在那里的哀乐荣辱，在我的回忆里一日比一日鲜明，使我的联想一日比一日锐敏：我听见雁鸣在天空，便会想起卫灵公对我的冷淡；我听见车声在街心，便会想起南子车马的喧耀、雍渠的骄姿。往事都如梦如烟了。我那时岂不知道卫灵公除了

---

　　① 惨怛，怛，音 dá，意为悲痛，忧伤。编者注。

南子以外，不知什么叫作政，什么叫作礼……我为什么又那样恋恋，来了又去，去了又来呢，多少小人欺凌我，甚而至于南子，我都不能不向她揖拜。……过去的，真是……

——先生那年住在蘧伯玉的家里，南子正在她的开花时代；她美丽得像是出水的芙蓉，灵公看待她像是一只娇美的孔雀。那天清新的早晨，我是不会忘记的，她立在轻倩的纱帷里，穿着一身雅淡的衣裳，环佩是泉水般的玎玲；虔虔地、弯弯地，向着先生问礼。……在先生面前，她何尝像是一个罪过的人呢！

——现在的卫国，想已不是往日那样了。恐怕同灵公墓上的草一样荒乱了吧？——他沉吟了许久。想着卫国的内乱——咳，南子呀，卫国是因为她乱到这般地步！她那时要见我，她哪里懂得我的一缕头发，她哪里懂得我的一声叹息。她见我，不过因为我的身子分外高，我的头顶有些凹，想看看我这在她眼内觉得奇异的人罢了。她那没有灵魂的……女子同小人哪，是我生平厌恶的……

我是自己打算定了的，终生做一个东西南北的流浪人；郑人为我编成歌谣，说我茫茫如丧家之狗，这形容得真是恰当啊。流浪的人是没有家室的，我也从没有一日以家室为怀。我的家室早已任其自然地消逝了。家室呀，是我行动的障碍，是我思想之潮的堤防，我早已把它抛在比云还缥缈的虚无之乡了！死的死了；散的散了！

　　我抱着我的理想，流离颠沛，一十四年——卫呀，楚哇，陈哪……没有一个地方能够用我一天，种种魔鬼的力恐吓着我，讽刺着我，压迫着我，四海之大，没有一个地方容我的身躯；终于不能不怀着惆怅回到我这儿时的故乡。故乡真是荒凉呵，乡音入在耳里，泪便落在襟前了。没有一个人不说我是陌生人，没有一个人对我不怀着一些异殊的意味。儿时的门巷变成一片瓦砾，生遍了鬼棘向我苦笑。房山侧父母的坟茔已经被人踏平。我哪里还有读易奏瑟的心情呢。

　　我悔不该回到故乡，故乡于我，失尽了它的意味了，赐呀，我还有几天的生命呢，天也无边，地也无涯，悠悠荡荡，我种种的理想已经化成灰烬了。后世呀，不可知的后世……

——后世，一定有认识先生的人……子贡寻不出另外可以安慰先生的话了。这淡如白水的慰语，<u>丝毫不引起仲尼的注意</u>。

——我为什么回到这个故乡来呢？我早就应该……我为什么不死在匡人手里？为什么不死在陈蔡人的手里？那时候的死，是怎样地光荣！怎样地可以自傲！那个时候，有颜回在我身边，仲由在我身边，百十个弟子在我面前，在弦诵声中死去，韵调是怎样地悠扬，怎样地美丽呀！现在，不肯"先我死"的颜回也死了，勇健的仲由也死了，百十个弟子都各自走上自己的路了。死也要有死的时候。

仲尼一气说尽了多少天积蓄着的抑郁，两目像着了疯狂，两手按胸，不住地咳喘，淤塞着，再也说不下去了。子贡终于不大了解先生的这种心情上的骤然的改变，想用旁的话路岔开，却找不出适当的词句。

——先生，该是午餐的时候了吧？

——啊。——仲尼似乎没有听清。

——午餐？

——先生的精神太疲劳了。

——咳，疲劳哇……

——先生到房子里休息休息。

——休息？

——我到菜圃里去剪一些菜，为先生煮汤吧。

——你去吧，我到房子里……

子贡一步三回顾地走着，怀里怀着鬼胎，不知将来究竟要发生什么变故，到房后的菜园里去了。仲尼依然坐在门前。他怕走进房内，同怕阴森的坟墓一样。远远近近，静悄悄使人听到万籁中极细微的呼吸……

正是傍午的时分。

泰山的余脉，又蒙上一层薄薄的云霭了。

1925年4月

公孙大娘①

——《杜甫传》附录二

　　杜甫在儿时多病，不是一个健康的儿童，但是他生长在一个渐渐健康起来的时代。在他降生二十年前，陈子昂已经写成《感遇诗》三十八首，在幽州台上发出"前不见古人，后不见来者"的绝唱，这是陶渊明死后二百余年内难于听到的声音。"常恐逶迤颓靡，风雅不作"，这和后来李白的"大雅久不作，吾衰竟谁陈"是同样的抱负，他深切地意识到他对于一个时代的使命。可是当他在四十岁的壮年，满怀忧愤死在家乡的狱中时，或许会感到无边的寂寞：因为像李白、杜甫、岑参、张旭、吴道玄，这些文学上或艺

---

① 本文收录于冯至著《杜甫传》。编者注。

术上足以表现一个健壮时代的精神的人物，有的正在童年，有的还没有降生。但他不愧为一个时代的先驱，他比这些人早来了半个世纪。

关于陈子昂死后渐渐兴起的时代，我们只要想到一些传说所告诉我们的，张旭怎样在酒后写出他的神品，吴道玄怎样看完裴旻的舞剑而画出东都天宫寺的壁画，人们便会觉得这些人的风度与艺术是豪迈而不空疏，放诞而没有颓废的气息。尤其是杜甫的《饮中八仙歌》，可以说是这时代里一幅最生动的画图，虽然只是八个人，而这八个人在这时代里并不是个个都居于重要的地位。

在杜甫的童年，这时代文学和艺术两方面正在破晓。除去一个破晓前的早行人陈子昂已经提着一盏幽暗的灯笼在黑暗中消逝了，一切都还显着纤细、狭窄，缺乏雄厚。可是在民间，就是整个的民族，却早已蕴蓄着饱满而生动的力量，在舞蹈，在歌唱，敦促着这个时代的来临。那时中国的文化在渐趋安定的统一局面下恢复了健康，人们无论在体质方面或精神方面都具有坚定的自信心，去承受、去采用许多前所未有的外来的新鲜的事物，而不感到危险。所谓胡族的影响，虽说在南北朝时期即已开始，但情形是迥然不同的：在南北朝时，我们只看见中国的文化在异族侵凌下随着偏安的政局一天比一天衰弱下去，萎靡下去，在唐代则宾主分明，所有异族的文物，无论是音乐、美术、建筑以及服装用具，只要传到中国来，都足以辅助、启发中国自己的文化的发展。所以当时中国的门户是敞开的，什么也不拒绝，胡商的足迹遍海内，胡僧的寺院聚集长安，西域诸国多少有专门技能的人都愿意到中国来显一显身手，中国人对此既不感到威胁，外国人到这里来也往往寻得他们的第二故乡，正如王国维在一首咏史诗里所说的：

南海商船来大食，

西京祆寺建波斯；

远人尽有如归乐，

知是唐家全盛时。

图画、建筑都是偏于固定的、静止的，舞蹈和音乐却能与生命的韵律密切相呼应。西域诸国的乐和舞随着交通的大道河水似的流入中国，这些含有原始性的生力的节奏更容易在中国人的生命里注入新的血液，增添新的营养。所以上至帝王，下至庶民，都愿意在他们漫长的岁月中有一个时期沉酣在这些使人嗅到大漠中狂野气息的歌舞里，因为中国旧有的歌舞在这时对于他们过于柔弱了。就以名称而论，像"采莲""后庭花"一类的舞曲与胡旋舞、胡腾舞相比，是显得多么娇柔而无力！

许多胡舞中，最引人物议，使稳重之士对于世风怀有无限隐忧，认为不无可虑的，莫过于一度为中宗所爱好、在严冬时节举行的裸体的泼寒胡戏以及在民间风行一时的、从泼寒胡戏演变出来的浑脱舞了。关于前者，有人以为"裸体跳足，盛德何观；挥水投泥，失容斯甚"（张说）；对于后者则以为"旗鼓相当，军队之势也；腾逐喧噪，战争之象也；锦绣夸竞，害女工也；胡服相效，非雅乐也；浑脱为号，非美名也"（吕元泰）。后来泼寒胡戏在开元元年被禁止了，但是"都邑城市相率为浑脱"的风气并没有因此而衰谢。

浑脱舞是这样风行一时，它常常与其他的舞曲相犯，则天末年，已有剑器入浑脱，名为《剑器浑脱》。玄宗初年，精于剑器浑脱的，教坊中有一个舞女公孙大娘。杜甫在他还不能读到陈子昂的诗，看不到张旭的草书，吴道玄的画还没有在世间出现，而齐赵吴越的山水对于他还是不可及的远方时，当他六岁的髫龄，却在许州郾城的街上看过一次公孙大娘的《剑器浑脱》舞。这在他的生命里也许是第一次难于忘却的有意义的经验，致使他五十年后在夔州耳聋多病，回想起童年的印象，还历历如在目前。

《剑器》是健舞曲，舞女雄装打扮，一起舞就使人想到战争，"今日当场舞，应知是战人""今朝重起舞，记得战酣时"（姚合《剑器词》）。它又和狂野不羁的《浑脱》相犯，人们更不难想象这舞曲在一个舞女身上要求怎样大的一种雄浑的力量。但是公孙大娘不但能应付这个要求，反倒绰有余力支配这个舞曲，因此她在教坊中"妍妙皆冠绝于时"，和李龟年一样成为梨园传说中最有声色的人物。直到晚唐，她还一再被诗人所称颂，郑嵎在《津阳门诗》里说，"公孙剑伎方神奇"，司空图则在《剑器诗》中感慨于当年的情景，"楼下公孙昔擅场，空教女子爱军装"。人们一提到明皇时代的剑器舞，就必定会提到公孙，公孙和剑器几乎成为不可分的了，这正如张旭之于当时的草书，吴道玄之于当时的壁画。

开元五年，杜甫随着家人寄居郾城，他得到机会观看这个名家所舞的《剑器浑脱》。这种舞，有人说"空手而舞"（《通考》），有人说执剑而舞（郑嵎诗原注及姚合诗），后来又有人在甘肃"见女子以丈余彩帛结两头，双手持之而舞，有如流星"，说这就是剑器舞（姜元吉）。除非将来在敦煌或新疆一带的壁画里能够有所发现，我们现在无法描画剑器舞的舞容和舞式，我们只能从杜甫的《舞剑器行》里想象当时公孙大娘在怎样一种热烈的景况中展开她的《剑器浑脱》舞。在一个六岁的孩子的眼中，四围的观众有如雄厚的山围绕着一片空场，一个戎装的女子在这空场上出现了，四围充满了寂静，充满了紧张，等到她一起舞把这紧张的局面冲破时，人们好像失去固有的一切，被牵入一个激动的、战斗的、变化莫测的世界里了——

　　　　爗如羿射九日落，

　　　　矫如群帝骖龙翔，

　　　　来如雷霆收震怒，

　　　　罢如江海凝清光。

　　日落、龙翔、雷霆的震怒、江海的清光，是舞者创造出来的世界，但她又被这自己创造的世界笼罩着，分明是舞者主宰着世界，可是又好像这个世界支配着舞者。在这样的景况下，四周的人谁还能有力量把握得住自己，把握得住舞者在瞬间万变中的一个舞姿、一个舞态呢？

这对于六岁的杜甫却是一个新的启示。他儿时多病，只惯于姑母的慈爱，惯于姑母家中温暖的环境，他还从来没有看到过一个女子的身躯会创造出一个这样神奇的世界。他的视线展开了，他呼吸到外界新鲜而健康的空气。人们只要读到《舞剑器行》的序里特殊提到张旭在邺县看完公孙大娘舞《西河剑器》后，体会到舞蹈的神韵，从此草书大进的那几句话，便可以推想，杜甫是以怎样一种心情在感念他儿时所遇到的这段难得的经验。

并且那时祥瑞时时出现，各地的官吏都把某处有瑞草产生、某处有凤凰飞降一类的消息报告给朝廷，以讨得君王的欢心。杜甫虽然不知道凤凰是什么样子，但由公孙大娘的舞姿却不难在他儿时的幻想里看见凤凰的飞翔，所以他在第二年七岁起始学诗时，一开口就作了一首凤凰诗。

[附记]

写此文时，作者曾参看向达的《唐代长安与西域文明》和阴法鲁的《唐宋大曲考》（稿本）。

白发生黑丝

——《杜甫传》附录四

　　大历四年的冬天，寒流侵袭潭州（长沙），大雪下得家家灶冷，户户衣单。杜甫以船为家，停泊在湘江岸旁，从秋到冬，已经四个多月了。左右邻船，都是捕鱼为业的人。渔夫们最初看杜甫是个外乡人，不知他是干什么的，对他怀有戒心。后来看这满头白发的老人，右臂偏枯，两眼昏花，带着一家人，生活和他们一样贫困，日子久了，就不把他当外人了。他们有时从鱼市上回来，提着半罐酒到杜甫的船上闲谈，杜甫有时也到他们的船上坐一坐。彼此熟了，大家无话不谈。谈来谈去，总要谈到渔税上边来。天寒水浅，大鱼都入了洞庭湖，渔网又常常冻得撒不开，可是官家的渔税总是有增无已。越逼近岁暮，鱼越少，税吏的面孔就变得更为狞恶。这真叫人活不下去。一个年老的渔夫愤慨地说："从我十几岁扯起渔网的那天起，渔税就压在我的身上，好像打鱼就是为了交渔税。打了一辈子的鱼，交了一辈子交不清的税。索性天下的水都干了，鱼都死光，打鱼的人都没有了，倒也痛快！"老渔夫抬起头来，望一望船篷外茫茫的大雪，接着说，"叫他们向这冰天雪地要渔税吧！"

听着这类的话，杜甫暗自思忖，十几年来，东奔西走，总看见农民身上背着一辈子交不清的赋税。男人死了或是逃亡了，女人还得交税；钱和粮都光了，差吏就把衣服和用具拿去抵偿；衣服和用具拿完了，还交不清税，只好卖儿鬻女。如今他五十八岁了，陆地上没有一块安足的地方，滞留在这条狭窄的江上，掺杂在过去很少接触到的渔民中间，想不到这里的人也被租税压得喘不过气来。他回想今年春天，初入潭州，停泊在花石戍，登岸散步，但见田园荒芜，柴扉空闲，农具仍在，农民却逃亡得无影无踪。这带地方并没有遭受过北方那样的兵燹，竟也这样万户萧条，这是沉重的赋税造成的后果。他心里纳闷，当今的皇帝怎么这样不察民情，于是脱口吟了两句诗："谁能叩君门，下令减征赋。"现在看来，下令减税是不大可能的，湘江的水是不会干的，鱼也不会死光，但是渔民走投无路，把渔网抛在江里，像农民一样逃亡在外，另谋出路的日子恐怕也快到了。

渔夫们说完自己的苦楚，看见杜老（他们这样称呼他）的生活比他们更可怜。他虽然没有租税负担，却是老病缠身，衣食无着，杨氏夫人常常眉头双皱，凝视着滚滚不息的江水，愁着没有米下锅。十六岁的儿子宗武饿得满脸苍白，每天还要用很多的时间读什么《文选》。渔夫们私下里常常为杜甫的生活担忧，觉得这一家人漂流在外，无亲无友，总要有点打算才好。这天大雪不住地下，老渔夫倾吐了满腔的愤慨，看见杜甫穿着一身单薄的衣裳，到处是补丁，冻得直咳嗽，不禁转换了笑颜，把他暗自为杜甫盘算了许久的一个办法说了出来。他说："杜老，请你不要见怪，你的生活也实在艰难。我有一个主意，不知你肯听不肯听。上月我患风湿病，骨节酸痛，四肢发麻，你给了我一包蜀地的苍耳，我熬水喝了几次，很见好转。还有你从北方带来的决明子，也治好过船上孩子们的眼病。杜老，你有这样的灵药，为什么不跟我们一起到鱼市上摆个药摊卖药呢？既可以医治病人，又可以买点米回来。"渔夫说完了，有点担心杜甫见怪，于是补充了一句，"不知杜老觉得怎样。"

杜甫认真地听完了这段话。在老渔夫为杜甫出主意的同时，杜甫的心里就在想，卖药，我是有经验的，在长安时，我在王公贵族的府邸里卖过药，在成都时，我在一些官吏中间卖过药，如今流落潭州，为什么不能把药卖给老百姓呢？他没有等渔夫补充的那句话说完，就把渔夫前边的话重复了一遍："既可以医治病人，又可以买点米回来。"这表示他接受了渔夫的建议。

大雪过后，刮了两天刺骨的冷风，把阴云吹散，气候渐渐转暖。杨氏夫人从箱笼里找出来一包一包的草药。这些多年的草药，有的是从前自己培种的，有的是从山野里采撷的，其中还有少许在同谷县深山里挖掘的黄独。十几年的积累，经过自己的服用和分赠朋友与路人，剩下的也还不少。杨氏夫人把药分门别类，装在一个布袋里，交给杜甫。杜甫拿在手里，并不觉得怎么重。

在一个比较和暖的早晨，杜甫跟着左右邻近的渔夫到了离这里不很远的鱼市。

杜甫听从了老渔夫的劝告，众渔夫觉得像是听从了他们共同的劝告一般，都喜笑颜开。鱼篓里的鱼本来就不多，而且又都是小鱼，他们心里明白，反正卖不了多少钱，今天与其说是卖鱼，倒不如说是帮助杜甫卖药。大家希望杜甫卖药一开始就能得到成功。他们把鱼市上最优越的地位让杜甫摆药摊，那是一座庙台，又干松，又引人注意。有主顾来买鱼，渔夫们并不夸奖自己的鱼是怎样新鲜，却都指着庙台上的药摊，说那些药如何珍贵，都来自产药闻名的地方，有长安的，有陇西的，有成都的，有夔州的，其中有些药在潭州花多少钱也买不到。没有多久，卖药的事就传遍了鱼市的周围。附近长期患风湿病的、打摆子的、闹眼病的……都争先恐后，到药摊前来买药。价廉物美，不到一上午，杜甫的药卖出不少。

市集过后，渔夫们围绕着杜甫，回到船上，把杜甫卖药成功看作是自己的胜利，大家有说有笑，从来没有这样高兴过。杜甫和他们的交谊也更深了一层。

此后每逢市集，只要天气不太坏，杜甫就跟着渔夫们到渔市上摆药摊。买卖进行很顺利。杨氏夫人也暂时展开了愁眉，不只有钱买米，而且还间或能给杜甫置办一点酒肉。宗武的面色好像也不那么苍白了。这中间，老渔夫却又有一点另外的担忧。他知道，杜甫的药是旧日的储存，没有新的来源。卖完了旧存，没有新货，固然严重，更严重的是杜甫身体衰弱，一旦旧病发作，这可怎么办。又看他整个上午坐在庙台上招呼买主，也太辛苦了。他于是嘱咐年轻的渔夫们，此后不要过分为杜甫的药吹嘘；每逢看到杜甫卖出一点药，够买几斤米时，就催促他早点收摊回家。

后来老渔夫想出来一个望长久远的办法。他取得杨氏夫人的同意，带着宗武到远方药市上置办一点新的药材，放在杜甫的药袋里，把杜甫经常服用有效的旧药取出，交给杨氏夫人好好保存。一遇到杜甫显出有些疲倦的样子，他就说："杜老，你在船上休息吧，叫宗武跟我们去摆药摊，这孩子也是懂得药性的。"老渔夫对杜甫的关怀，使杜甫深受感动，他又听从了老渔夫的话，此后就常常让宗武替他去卖药。

一天，宗武又和渔夫们一起到鱼市上去了。阳光照耀着水上的波纹，江上的船只轻轻地摇来摇去。杨氏夫人把船板刷洗得干干净净，杜甫一人靠着长年随身的乌皮几，心情平静，不由得想起许多问题。

他一生饱经忧患，用尽心血，写了两千多首诗，诗里描述了民间的痛苦、时代的艰虞和山川的秀丽，而莽莽乾坤，自己却漂泊无依有如水上的一片浮萍。自从中年以后，衣食成了问题，谁像这些渔夫那样关心过他？从前在长安时，是"残杯与冷炙，到处潜悲辛"，如今在达官贵人面前，仍旧是"苦摇求食尾，常曝报恩腮"，日暮途穷，真像是可怜的"穷辙鲋"和"丧家狗"。多少亲朋故旧，以及一些作诗的朋友，见面时输心道故，甚至慷慨悲歌，可是一分手就各自东西，谁也照顾不了谁。想不到几个萍水相逢的渔夫，对他却这样体贴照顾，无微不至，使他感到无限温暖。而自己过去对待穷苦的人是怎样呢？回想两年前在夔州，生活比较安定，家里有一棵枣树，任凭西邻一个无食无儿的妇人过来打枣吃，不加防止，秋收时，地里多丢下一些谷穗，任凭村童拾取，也不干涉，自以为这就是很能体贴穷人了。此外写了些替穷人说话、为穷人着想的诗歌，但是比起渔夫们对他的热心关怀，还是差得很多。像在成都写的《茅屋为秋风所破歌》，也是出自一片至诚，但是对于无处栖身的"寒士"们到底能有什么真正的帮助呢？想来想去，总觉得自己爱人民的心远远赶不上渔夫们爱他的心那样朴素、真诚，而又实际。他看见农民和渔民被租税压得活不下去时，想的只是"谁能叩君门，下令减征赋"，可是渔夫们看见他活不下去时，却替他想出具体的办法。请皇帝减征赋，只是一个空的愿望，而渔夫替他想的办法，却立见功效。

他对于那两句自以为很得意的诗发生了疑问。

正在这时，宗武提着药袋回来了，后边跟着一个客人。这客人四十多岁，中等身材，矫健精悍，目光炯炯。上了船，和杜甫寒暄了几句，听出来是山南巴州人的口音。他说他姓苏名涣，是潭州刺史崔瓘幕府里的从事。

苏涣这个名字，杜甫在阆州、梓州时，仿佛听人提到过。人们说他是一个精良的弩手，百发百中，在巴山道上常常抢劫显官富贾，绰号人称"弩跖"。州府里说他是个出没无常的强盗，田野间说他是个杀富济贫的侠士。不知怎么回事，不久又中了广德二年的进士，充任侍御使。后来，杜甫回到成都，转徙夔州，关于苏涣这个传说纷纭的人物，也就很少听人提到了。今天出乎意料，他出现在杜甫面前，杜甫感到无限惊奇。

苏涣却一见如故，无话不谈，没有丝毫避忌。这时江上风和日暖，好像大地将要回春，杨氏夫人烹茶煮酒，款待这稀有的客人。客人说，过去在巴州的故乡，就仰慕杜甫的大名，杜甫的诗却读得很少。最近在崔刺史幕府里的书案上读到几卷传抄的杜甫的诗，其中有《石壕吏》《茅屋为秋风所破歌》那样的名篇，有"斫却月中桂，清光应更多""吾将罪真宰，意欲铲叠嶂"那样的警句，有"无贵贱不悲，无富贫亦足""盗贼本王臣"那样的至理名言，真感到不同凡响，这是陶潜死后三百年来难于听到的声音。能够与这样的诗的作者生逢同时，是一件大快事。最近潭州居民都互相传告，鱼市上有位卖药的叫作杜甫，所以特来拜见。"你老人家可就是这些诗的作者？"说到这里，苏涣的语调转为低沉，杜甫的心里也勾起一缕凄凉的情绪。

他没有等杜甫回答，就接着说起他自己的过去。
"你老人家在阆州时，也许听人说过巴州有我这样一
个强盗。我们巴州一带的賨人①，从来就骁勇善战，
又能勤劳生产，织出的布匹天下闻名。这些布匹虽不
轻柔华丽，却是坚固耐久。刘邦和项羽争天下的时
候，刘邦听取了阆中败类范目的献计，征募賨人为他
平定三秦。此后賨人的命运便算注定了，供历代帝王
牛马一般驱使。一有战事，就征调賨人为他们打仗；
战事平定了，又向他们征敛大批的布匹。賨人的布匹
永远织不完，自己的身上穿的却永远是破破烂烂的。
十几年来，外地的商人也看上賨布了。他们运来一点
米、一点盐，用一本万利的盐米，向他们骗取大量的
布匹。上元二年，梓州刺史段子璋叛变，自称梁王，
也到巴州来募兵。我亲眼看着賨人世世代代无法摆脱
的负担和痛苦，我不能容忍了，我说，来个结束吧。

---

① 古代四川北部一个少数民族的名称。作者注。
音 cóng。编者注。

我纠集了百十个健壮的青年，隐伏在巴山里，仰仗着我的弩弓，专门截杀吸血的商人和敲人骨髓的官吏。"说到这里，他脸上露出一点笑容，好像要缓和一下由他的谈话所引起的紧张气氛。他笑着向杜甫说："你的《光禄坂行》里有两句诗，'马惊不忧深谷坠，草动只怕长弓射'，请你放心，那时你若是从我们巴州的山下经过，我们的长弓是不会向你射击的，我们会对你表示热烈的欢迎。"

这句开玩笑似的话把杜甫也说笑了。初次见面，就这样没有分寸，话刚脱口，苏涣就自觉失言，可是杜甫并不介意。苏涣立刻接着说："你在梓州、阆州时期的诗，还是'盗贼本王臣'说得对。那些王公大人说起强盗来，像是说一种怪物，罪大恶极，个个该杀，其实强盗哪一个不是善良的老百姓？租税徭役，逼得人们无路可走，不起来当强盗又怎么办？不过你老人家还是太忠厚了一些，总希望皇帝略有醒悟，能减税减租，来解除他们的苦难，你看，这能办得到吗？皇帝和他的大臣们，若是不向老百姓索取租税，还不是比穷人更没有法子活下去？他们一不会耕田，二不会织布，三不会打鱼……不过我当时也把事情看得太简单了，以为自己有一片好心肠，有一套好武艺，只要振臂一呼，就可以解除大家的苦难。实际上，我们起事不久，就因为人力孤单，遭到了失败。"

他没有说他是怎样失败的，杜甫也不想追问。杜甫近来常常考虑，到底怎么样才能真正解除百姓的苦难，想来想去，总是想不通，现在听到苏涣这一番话，像是闻所未闻，却也含有一些新的道理。这道理仿佛是在八表同昏的宇庙中透露的一线微光，在处处穷途的旅人面前伸出来的一条小路。但他一时回答不出话来。

苏涣从怀里取出一个小手卷。他一边打开手卷，一边说，他本来不惯写诗，近些年来，有了不少感触，还是用诗写下来比较合适，因此写了许多首，可是不大讲究格律，现在吟诵几首，请杜甫指教。他用沉重的语调把下边这首诗读给杜甫听：

毒蜂成一窠，高挂恶木枝。

行人百步外，目断魂亦飞。

长安大道边，挟弹谁家儿。

右手持金丸，引满无所疑。

一中纷下来，势若风雨随。

身如万箭攒，宛转迷所之。

徒有疾恶心，奈何不知几。

　　杜甫一听这首诗，就知道是苏涣从个人失败中得到的教训。诗在艺术上，若拿杜甫平素对诗的要求来衡量，是相当粗糙的。但是它蕴藏着一种新的内容，表现了一种新的风格。杜甫把这首诗吟味了片刻，便兴奋地向他说："我一向称赞陈子昂的《感遇诗》、李白的《古风》，今天听到你读了这首诗，可以说是陈李以外，又树立了一个新的旗帜。'徒有疾恶心，奈何不知几'是你做了一番事业以后得到的经验。我也一向疾恶如仇，可是从中取得这类经验的事业，不用说做，我连想都还很少想过呢。"

苏涣听了杜甫对他的赞许，十分高兴，听到最后一句杜甫自己的感慨，他只认为是杜甫的谦虚。他被赞许所鼓舞，接着又诵读了几首。诗的体裁是一致的，内容比前边的那首更丰富了，涉及日月的运行和宇宙的变化，世路的艰险和统治者的残暴，人民的痛苦和必然的反抗……读到最激昂的地方，诗里才思云涌，词句动人，每逢一首读完了，都像有些东西沉重地压在人的心上。小小的船篷里，任凭日影移动，"书篋几杖之外，殷殷留金石声"。

邻船上一片人声，渔夫们从鱼市上回来了。苏涣诵诗也戛然停止。他站起身来，和杜甫告辞，并约杜甫有工夫到他的茅斋里去谈。

杜甫吃过午饭，精神异常兴奋。午睡不成，只是反复吟味着苏涣读给他听的那些诗。诗的功夫并不深，但格调与众不同。李白早已死去了，高适也死了，岑参还在西蜀，却久不通音信，也没有听说他有什么新作。大历改元以来，听人传述的一些所谓新派的诗人，不是用诗谄媚权贵，就是骗取女人，诗风堕落到这等地步，致使他今年春天在《南征》诗里写过这样的诗句，"百年歌自苦，未见有知音"，以表达他的寂寞心情。在难以盼望有什么知音的时刻，竟遇见了这样一个奇人。

苏涣所钦佩于杜甫的，是杜甫已经完成的惊人的成就；杜甫所倾倒于苏涣的，是苏涣诗里隐示着许多过去还没有人道过的新的内容。若是对苏涣的诗给以评价，可以说是突过了魏文帝黄初时代的诗人们。但是个别的地方，杜甫并不以为然。苏涣诵读过的诗中有这样四句：

　　一女不得织，万夫受其寒。
　　一夫不得意，四海行路难。

杜甫还记得，贾谊在《论积贮疏》里引用过古人的话，"一夫不耕，或受之饥；一女不织，或受之寒"。赵晔的《吴越春秋》也有类似的句子。苏涣的诗显然是从汉代的这句谚语里脱化出来的。他把"一女不织，或受之寒"写成"一女不得织，万夫受其寒"，已经有些夸张了，不过去原意还不远；但是后两句为什么改写成"一夫不得意，四海行路难"呢？难道一夫不得意，真能使四海行路难吗？杜甫暗自考虑，这两句诗若是根据古人的原意，就应写作"一夫不得耕，万人难为餐"，若是保留苏涣的"四海行路难"，那么"一夫不得意"要改成"众人不得意"才好，"一夫"反正是不大妥当。

杜甫尽管不能同意苏涣诗中个别的诗句，但是苏涣这个人和他的诗的出现，在杜甫看来，确是一个奇迹。同时他又把邻船上渔夫们的生活、言语、思想、感情认真思索了一番，觉得自己一生漂泊，看见的事物不算不多，接触的人不算不广，但世界上还是有许多人和事过去不只没有遇到过，而且也没有想到过。不料在这垂暮之年，眼前又涌现出一些新的事物。自己也觉得年轻了许多，好像白头发里又生出黑丝。过去怀念古人，常常有"怅望千秋一洒泪，萧条异代不同时"的感慨；如今设想将来，不知有多少美好的事物是看不到了。苏涣说，他能和杜甫生逢同时，是一件快事；杜甫今天能遇到苏涣，心里也同样高兴，真好像司马相如遇见了一百年后的杨雄。他情不自禁，提笔写出来这样的诗句：

　　庞公不浪出，苏氏今有之。

　　再闻诵新作，突过黄初诗。

　　乾坤几反复，杨马宜同时。

　　今晨清镜中，胜食斋房芝。

　　余发喜却变，白间生黑丝。

　　写到这里，江上已是黄昏，暮霭苍茫，两岸人家疏疏落落地升起几缕炊烟。一阵寒风乍起，江水拍击着船身。近些天，杜甫每逢听到夜半的风声便感到心神不宁，仿佛古代的神灵在湘江上出没。杜甫趁天色还没有完全黑，迅速把他那种感觉凝练成四句诗，写在纸上，作为这首诗的结束：

昨夜舟火灭，湘娥帘外悲。

百灵未敢散，风破寒江迟。

　　杜甫和苏涣很快就成为亲密的朋友了。有时苏涣到杜甫的船上，有时杜甫到苏涣的茅斋。二人无话不谈，彼此也有了更深的了解。杜甫看苏涣有如蛰伏在沙水里的蛟龙，很惋惜这样的人才，朝廷不能使用。杜甫常常流露出这种惋惜之情，苏涣却是另有一种看法。他说："我放弃了巴州的强盗生活，并且进士及第，人们说我折节读书，改邪归正，但是我并不指望朝廷看中我。"他指着墙上的弓弩向杜甫笑着说，"我并没有抛弃这个东西。"

　　杜甫听他这样回答，很难推测他心里想的是什么，只觉得他坦率亲切，并不是什么危险人物。两人的政治态度有相当的距离，却不是没有渐渐接近趋于一致的可能。杜甫建议他修改"一夫不得意，四海行路难"那两句诗，他表示接受，说是考虑考虑再改。杜甫从他那里也得到不少启发。杜甫虽然没有放弃对皇帝的幻想，但是认为指责朝廷不合理的措施，爱护挣扎于生死之间的百姓，应该更为积极。他身体尽管衰弱，百病缠身，精神却更为健壮起来。他在一首寄给朋友的诗里写出"齿落未是无心人，舌存耻作穷途哭"这样坚强的诗句，用以表明自己的态度，还把这首诗读给苏涣听。

一天，天清气朗，杜甫望着岳麓山想到远方的南岳，无意中背诵起建安诗人刘桢的诗，"凤凰集南岳，徘徊孤竹根"，背诵到第四、第五句"岂不常勤苦，羞与黄雀群"时，心里起了一种难以调和的抵触情绪，再也背不下去了。他自言自语："真正的凤凰绝不会羞与黄雀同群。"他立即把刘桢的诗意反转过来，写了一首《朱凤行》，诗的下半首是"下愍百鸟在罗网，黄雀最小犹难逃。愿分竹实及蝼蚁，尽使鸱鸮相怒号"。

从此杜甫终日生活在渔夫们中间，也经常和苏涣来往。过了元旦，又过了清明，新归来的燕子好像旧相识似的穿过船篷，两岸桃李盛开，杜甫两目昏花，也觉得花枝照眼，生趣盎然，白发里的黑丝仿佛又多了一些。在这美好的春光里，尽管鸥鹬般的贪官污吏到处横行，混乱的局面还没有止境，他内心里却充满了力量和希望。

忽然在一个四月的夜里，潭州城内火光四起，居民奔走相告，说湖南兵马使臧玠叛变了，刺史崔瓘已被杀死，士兵们正在大街小巷奸杀抢掠。这突然发生的事变，在湘江上的渔船中也引起一片骚乱。大家不知如何逃避时，苏涣在人群中出现了，他手里没有拿着别的东西，只有一只弓弩。

他跳到船上，向杜甫和渔夫们说："大家不要慌乱，我陪送大家暂时躲避一下，有我这只弓弩，看哪个乱兵敢侵犯我们。"

这晚月光皎洁，杜甫的船和渔夫们的船结成一队，苏涣手持弓弩站在船头，逆着江水向南驶去。后来到了衡州，苏涣看见杜甫和渔夫们脱离了危险，和他们挥泪告别，独自往岭南去了。

杜甫虽然又经历了一次变乱，精神仍然是健壮的，但是这年冬天，忽然百病俱发，不久便病逝在湘江上的船中。苏涣到了岭南，东漂西泊，最后参加了循州刺史哥舒晃的起事，又遭受失败，被岭南节度使路嗣恭杀害。这时距杜甫逝世，已经过去五年了。

1962年

山海之间

《北游及其他》序

　　我时常自己想，在这几年的生活里，真能有一件是值得用笔写出的事情吗？这样想时，我立刻便感到一种欣慰：如果有，那便毫无疑问是慧修对我的友情了。五年前我们初次认识，那时我还是一个不到二十岁、充满了顽冥的孩子气的青年，他用他从辛苦的生活里得来的一些经验，把我当作小弟弟一般地看待。从冬天买棉鞋到夏天做单衫，从白天到大学去听讲到夜晚在灯底下写诗，关于我的生活，无论是精神的或是物质的，几乎没有一件不是他替我想的比我自己所想的还多。岁月永不停留，现在我已经要赶上五年前他那时的年龄，而他却又不知经历了多少内心的忧患，在今年春天一个刮风的日子里满三十了。人的一生应该怎样？世界上的教诲很多，我没有工夫去理会它们。但我却为了慧修的友情，渐渐认识到自己应该走怎样的方向。他在我性格的缺陷上不知纠正了多少；在我懦弱的地方不知鼓励了多少；自幼因为环境关系养成的那自卑心理的云雾是他给我拨开了；内心上的许多污点是他为我洗去了；他使我知道了精神应该如何清洁，身体应该如何健康，怎样去想，怎样去爱。如今我把这从我生命里培养出来的小小的花朵呈在他的面前，不管这些花是怎样无香无色，好在是从我自己的园里产出的，我只要求慧修肯把它嗅一嗅，能够嗅出一点本乡本土的气息，我就会感到舒畅了。

　　1927年初秋，我离开北京大学的学生宿舍，登上往北方的一个大都市哈尔滨去的长途。在送别人中，最使我难于忘记的是那晚慧修的面貌。他心里想着什么呢？我不知道。我只看着他那辛酸的情味完全形之于当时的动作了：他怎样为我起好了行李票，怎样在火车上给我找到适当的座位，怎样似有意似无意地把一本 Rossetti 的画集放在我随身带着的箱中，但是他并没有说什么话。

车渐渐地移动了。我不知他同旁的朋友们是否还在月台上呆呆地望着，我却不由己地打开日记本这样地写了："我想，不论我的运命的星宿是怎样暗淡无光，但它究竟是温带的天空里的一颗呀；不论我的道路是怎样寂寞，在这样的路上总是有一些斜风细雨来愉悦我的心情的。从家庭到小学校去，是母亲用了半夜的工夫为我配置好了笔墨同杂记本，第二天夹在腋下走去的；从故乡到北京的中学校去，又是我那勇于决断的继母独排众议把我送去的；入大学的那年，继母也死去了，是父亲给我预备了一切，把我送上火车，火车要开了，他还指着他手中的手杖问我：'要这个不要？'那时他好像要把他所有的一切都交给他儿子带走似的。这次呢，我要到人生的海里去游泳了——'挂帆沧海，风波茫茫，或沦无底，或达仙乡'——送我的是谁呢？我应该仔细想想，这中间有怎样重大的意义呀！……"这样写着，我同我的朋友，一程比一程远了，田野，一程比一程荒凉了。

一程比一程地远了，一程比一程地荒凉了。在慧

159

修的面前时，还穿着夏布长衫，等到上了"南满①"车的北段，凄风冷雨，却不能不从行箧中取出来一件长才及膝的夹袍。穿上以后，禁不住泪落在襟上了。因为《无花果》那一辑里的诗，多半是穿着这件夹袍的时候写的。

来到那分明是中国领土却充满了异乡情调的哈尔滨，它像是在北欧文学里时常读到的，庞大的、灰色的都市。我在一座楼的角落里安放了我的行囊，独自望着窗外，霍霍的秋雨，时而如丝，时而似绳，远方只听到瘦马悲鸣，汽车怒吼，自己好像是一个无知的小儿被戏弄在一个巨人的手中，不知怎样求生，如何寻死。唯一的盼望便是北京的来信。最先收到的，仍是慧修的信："人生是多艰的。你现在可以说是开始了这荆棘长途的行旅了。前途真是不但黑暗而且寒冷。要坚韧而大胆地走下去吧！一样样的事实随在都是你的究竟的试炼、证明。……此后，能于人事的艰苦中多领略一点滋味，于生活的寂寞处多做点工，那是比什么都要紧、都真实的。"我反复地读了几遍，这样的话是多么严肃呵！

但是，那座城对我来说太生疏了，所接触的都是些非常古怪的人干些非常古怪的事，而自己又是骤然从温暖的地带走入荒凉的区域，一切都没有准备，所以被冷气一袭，便手足无措，只是空空地对着几十本随身带来的书籍发呆，可是一页也读不下去。于是，在月夜下雇了一只小艇划到松花江心，觉得自己真是一个最贫乏的人的时候也有；夜半在睡中嚷出"人之无聊，乃至如此"的梦话，被隔壁的人听见，第二天被他作为笑谈的时候也有；10月上旬便飞着雪花，独自走入俄国书店，买了些俄国文学家的相片，上面写了些惜别的词句寄给远方的朋友的时候也有；在一部友人赠送的叔本华的文集上写了些伤感的文言的时候也有；雪渐渐多了，地渐渐凝冻了，夜渐渐长了，跑到山东人的酒店里去喝他们家乡的清酒，或在四壁都画着雅典图的希腊饭馆里面的歌声舞影中对着一杯柠檬茶呆呆地坐了半夜的时候也有。这样油一般地在水上浮着，魂一般地在人群里跑着。虽然如此，但有时我也曾在冰最厚、雪最大、风最寒的夜里，独自立在街心，觉得自己虽然不曾前进，但也没有沉沦。我就在这种景况里一行行、一段段地写出来长诗《北游》。诗写完后，不禁想起杜甫的诗句："此身饮罢无归处，独立苍茫自咏诗。"

归终我更认识了我自己，我既不是中古的勇士，也不是现代的英雄，我想望的是朋友，我需要的是感情；归终我不能不离开那座不曾给我一点好处的大都市，而又依样地回到我的第二故乡北京，握住我的朋友们的手了。北京，你真是和我的朋友一样，越久，我同你的话越是说不完，在你的怀抱里有我的好友，有我思念的女子，我愿常常在你的怀抱里歌咏。阿尔卑斯山的攀登，莱茵河的夜泛，缓步于古波斯的平原，参礼于恒河两岸，也许会令人神往吧，但也只有生疏的神往而已，万分之一也不及你的亲切、熨帖，因为在你身上到处都有我不能磨灭的心痕脚迹。慧修，你让我常常在你身边吧，我不希望任何人对我的赞美，我只愿见你向我的微笑；我不愿受任何人的批评，我只爱听你的指责。我常常因为你是怎样地骄傲哇，对于那些只过着浮华的生活而始终不曾受过友情洗礼的人们；我怎样地应该自慰呀，对于那些需要友情而又不能得到的人们。朋友，现在我把这消逝了的两年内从生命里蒸发出来的一点可怜的东西交给你，我的心中感到意外地轻松了。

1929年5月9日

蒙古的歌

　　"蒙古是一个野兽，是无愉快的。石头是野兽，河水是野兽，就是那蝴蝶也想来咬人。"在一篇苏联的短篇小说里这样写着，读起来像是一首歌，一首唯一的蒙古的歌，正如古时鲜卑民族所唱的"天苍苍，野茫茫，风吹草低见牛羊"。

　　幻想在陌生的地方盘桓着。小学时候读地理，总以为青海是一片青色的死海，而蒙古只有黄色的旷野的荒沙。后来又听先生讲到沙漠上的幻洲，那的确很有趣味，不可不遭逢一次，骑着马或是骆驼，缠头，身披黄色的、红色的袍，手持长杖，这种憧憬不知怎么又转移到尼罗河畔的金字塔了。只可惜，经验与年岁俱增，自己的世界反倒日渐狭窄。抱定志愿说是要到北冰洋去探险的那样的童心，等到中学毕业时已经做梦都梦不起来了。正在那时，遇见一位会说蒙古话的朋友，引起我的好奇心，蒙古有什么故事传说之类的东西吗？他大约知道的也不多，说是有，但内容很简单。我自然不能满意他这抽象的回答，又问有诗歌没有，他只微微地笑了一笑，话题却说到蒙古人的生活上去了。——自此以后，我脑里所萦回的，也无非是些眼前切身的事，而所谓戈壁上的蒙古人会不会对着天空的幻洲唱出歌来的问题，再也无心想起了。虽然班禅喇嘛曾来北京，同时中山先生正住协和医院，印象最深的是那年南北池子的大街上对将来抱着无穷希望的青年和求班禅喇嘛摩顶祈福的蒙古人骤然同样地膨胀起来，但他们却泾渭分流，彼此从不曾互相注意过。后来又有某博士的蒙古旅行，也曾使我有一度的神往，但不过只是一度而已。

可是后来偶然在一个晚餐席上我却听见蒙古的歌了。那是在 H 埠，我在一本诗里写过的，阴沉的 H 埠。地近寒带，冬天的路上结着很厚的冰，许多不大熟识的人聚在一家饭店里；我当时好像患着怀乡病，混在中间，并不曾沉入人群的狂欢，只不缓不快地掰香蕉，喝酒，吃菜，在我低着头的面前时时涌现出一个圆圈里的境界。圆圈外笑语同筷子正在一样地纷乱着，忽然桌子一拍，含笑的主人立起来了：今晚不是容易的事，大家会在一起。席上的客人有的来自贝加尔湖畔，有的来自鸭绿江的那边，还有富士山，就是我们本国的也不都是一省。明天说不定就人各一方。说到这里他举起酒杯，接续着说，请大家留个纪念在今晚的席上。

片时的静默。一个活泼的东洋人首先起立了，唱的据说是他的国歌。随后是广东戏、昆曲，还有伴着胡琴的皮黄，在你谦我让的中间，一个矮而胖的俄国人说话了，用纯熟的中国话："诸位！这里，关于俄国的歌，大家一定听得很不少了，在街上，在公园，在咖啡店。我今晚要唱一首异乡的歌，愿得主人的允许。"

大家都很惊讶，是什么呢？

"蒙古歌。"

出乎意料，一片鼓掌的声音。

不过是新鲜罢了，意义也不懂，声音也很沉闷，比起《四郎探母》《空城计》来，太不能使听众陶醉了。但都很注意地听，不过是新鲜罢了。

催眠歌似的，没有抑扬高下，使人如置身于黄土的路上，看不见山，看不见水，看不见树木，只有过了一程又一程的黄土。是的，在这歌里，霞都不会红，天也不会青——是一个迟钝的人在叙说他迟钝的身世。歌中自然也有转折，无论往哪边转也转不出它那昏黄的天地。

唱歌人的态度却是严肃的。

这样的歌，在那"大漠孤烟直，长河落日圆"的境界里，似乎太不生色了。但如果是白日无光，冷风凄凄地吹着的下午，从一个孤孤单单的帐篷里发出来这个声音，也未必不相称吧。——什么事都是因缘，谁想得到呢，这沙漠里的一朵灰色的花，向来不大有人采摘的，也会有今日飘落在光明的电灯光下，洁白的桌布上面，而它的声浪吻着两旁陈列着的西方的雕像。

唱歌的人态度始终是很严肃的。

席散后，我却没有放松这位唱蒙古歌的俄国人。我们在披外套的时候，我请求他，能够一起出去散散步吗？他说可以，我们便从这热腾腾的屋里走出来了。我们到了清冷的夜的空气中，感谢得很呢，使我今天听见了这个奇怪的歌。他说并不奇怪，他的故乡是恰克图，同蒙古人做买卖的他的同乡们差不多都会唱这样的歌。

"但是，什么意义呢？"

"意义是很悲哀的，他们的马死了，他们在荒原里埋葬这匹马，围着死马哭泣。老人说，亲爱的儿子，你不等我你就死去了；壮年说，弟弟呀，你再也不同我一起打猎了；小孩子叫着，叔叔，几时才能驮我上库伦呢；最后来了一个妙龄的女子，她哭它像是哭她的爱人。"

"就意义说，这是一首很好的哀歌呀，真想不到他们也有这样好的歌。但是声调怎么这样沉闷呢？我只觉得蒙古是一个野兽，无愉快的。就是蝴蝶也想咬人呢。像你们的一位作家所说的一样。"

俄国人似乎是在笑我幼稚，他说："那不过是片面的观察罢了。什么地方没有好的歌呢。无论什么地方的人都有少男少女的心哪。不过我们人总爱用感情来传染人，像一种病似的。至于那鲁钝而又朴质的蒙古人，他们把他们的爱情与悲哀害羞似的紧紧地抱着，从生抱到死，我们是不大容易了解，不大容易发现的。"

夜里非常冷，我们并不很和谐地在街上走着。他的话我也不愿意加以可否，一直走到江滨，两人都不约而同地深深吸了一口气。

不久我就离开了H埠，那夜的俄国人，那夜的蒙古歌，似乎早已忘记，两年后的今日，偶然读到一篇讲蒙古故事的短文，不觉又萦绕心臆了。

1930年

在赣江上

在赣江上，从赣州到万安，是一段艰难的水程。船一不小心，便会触到礁石上。多么精明的船夫，到这里也不敢信托自己，不能不舍掉几元钱，请一位本地以领船为业的人，把整个的船交在他的手里。这人看这段江水好似他祖传下来的一块田，一所房屋，水里块块的礁石无不熟识；他站在船尾把住舵，让船躲避着礁石，宛转自如，像是蛇在草里一般地灵活。等到危险的区域过去了，他便在一个适当的地方下了船，向你说声"发财"。

我们从赣州上了船，正是10月底的小阳天气，顺水，又吹着南风，两个半天的工夫，便走了不少的路程。但到下午三点多钟，风向改变了，风势也越来越紧，领船的人把船舵放下，说："前面就是天柱滩，黄泉路，今天停在这里吧。"从这话里听来，大半是前边的滩过于险恶，他虽然精于这一带的情形，也难保这只风里的船不触在礁石上。尤其是顾名思义，天柱滩，黄泉路，这些名称实在使人有些凛然。

才四点钟，太阳还高高的，船便泊了岸，船夫抛下了锚。四下一望没有村庄。大家在船里蜷伏了多半天，跳下来，同往常一样，总是深深地呼吸几下，全身感到轻快。不过这次既看不见村庄，水上也没有邻船，一片沙地接连着没有树木的荒山，不管同船的孩子们怎样在沙上跳跃，可是风势更紧张了，天空也变得不那样晴朗，心里总有些无名的恐惧：水里嶙峋的礁石好像都无情地挺出水面一般。

我个人呢，妻在赣州病了两个月，现在在这小小的船里，她也只是躺着，不能坐起。当她病得最重，不省人事的那几天，我坐在病榻旁，摸着她冰凉的手，好像被她牵引着，到阴影的国度里旅行了一番。这时她的身体虽然一天天地健康起来，可是她的言谈动作，有时还使我起了一种渺茫的感觉。我在沙地上绕了两个圈子，山河是这般沉静，便没精打采地回到船上去了。

"这是什么地方？"她问。

"没有村庄，不知道这地方叫什么。"

…………

风吹着水，水激动着船，天空将圆未圆的月被浮云遮去。同船的孩子们最先睡着了。我也在些起伏不定的幻想里忘却这周围的小世界。

睡了不久，好像自己迷失在一座森林里，焦躁地寻不到出路，远远却听见有人在讲话。等到我意识明了，觉得身在船上的时候，树林化作风声，而讲话的声音却依然在耳，这一个荒凉的地方哪里会有人声呢？这时同船的K君轻轻咳嗽了一下。

"我们邻近停着小船吗？"我小声问。

"不远的地方好像看见过一只。"K君说。

"你听，有人在讲话，好像在岸上。"

"现在已经是十二点半了——"K君擦着一支火柴，看了看表，说出这句话，更增加我的疑虑。

此外全船的人还是沉沉地睡着。

我也怀着但愿无事的侥幸心理又入了半睡状态。不知过了多少分钟，船上的狗大声吠起来了；船上的人都被狗惊醒，而远远讲话的声音不但没有停住，反倒越听越近。我想，这真有些蹊跷了。

船上的狗吠，船外的语声，两方面都不停息；又隔了一些时，勇敢的K君披起衣服悄悄地走出船舱。这时全船的人都惊醒着，屏息无声，只有些悉索的动作：人人尽其可能地把身边一点重要的物件，往不为人注意的地方放；柴堆里，炉灰里，舱篷的隙缝里……大家安排好了，静候着一件非常的事。

前后都是滩，风把船拘在这里，不能进也不能退，好像是在个魔术师的手里。我守着大病初愈的妻，不知做些什么事才好。忽然黑暗的舱里出现了一道光，是外边河上从舱篷缝里射进来的；这光慢慢地移动，从舱前移动到舱后，分明是那河上放光的物体从我们的船后已经移到我们船头了。这光在舱后消逝了不久，又有一道光射到舱前，仍然是那样移动。

全船在静默里骚动着，妻的心房跳动得很快，只是小孩子们睡得沉沉的。

K君走进来了，轻轻地说："远远两只划子，一只在前，一只在后，船头都燃着一堆火，从我们的船旁划过。每只划子上坐着两个人，这不是窥探我们船上的虚实吗？"

我听了K君的话，也走到舱外。暗银色的月光照彻山川，两团火光在急流的水上越走越远了。这是他们去报告他们的伙伴呢，还是探明了船上人多，没有敢下手呢？

我望着那两团火光，尽在发呆，狗吠停止了，划子上的语声也听不见了。除去这满船的疑猜和恐惧外，面前是个非人间的、广漠的、原始般的世界。

最后船夫走到我身边，他大半被这满船客人的骚动搅得不能安静地躺在被里了。他说，不要怕，这地方一向是平静的。

"那么半夜里这两只划子是做什么的呢？"

"那是捉鱼的，白天江上来往的船只多，不便捉鱼。夜静了，正是捉鱼的好时候。鱼见了火光，便都跟随着火光聚拢起来；你看那两只划子的下边不定有多少鱼呢……"

我恍然大悟，顿时想到"渔火"那两个字。

第二天早晨，风住了，船刚要起锚，对岸划来一只划子，上边有两个渔夫。他们好像是慰问我们昨夜的虚惊，卖给我们两条又肥又美的鳜鱼。

妻，幼年生长在海边，惯于鱼虾，对着这欢蹦乱跳的鱼，脸上浮现出病后第一次的健康的微笑。

1939年

一棵老树

  我们搬到这里来时，所遇见的第一个人是一个放牛的老人。他坐在门前的一块石墩上，两眼模糊，望着一条水牛在山坡上吃草。他看见我们几个从城里来的人，我不知道他怎样想法，可是从他毫无表情的面上看来，他是不会有什么感想的。他好比一棵折断了的老树，树枝树叶，不知在多少年前被暴风雨折去了，化为泥土，只剩下这根秃树干，没有感觉地蹲在那里，在继续受着风雨的折磨；从远方望去，不知是一堆土，还是一块石，绝不会使人想到，它从前也曾生过嫩绿的枝叶。他听话也听不清楚，人类复杂的言语，到他耳里，都化为很简单的几个单音。

  据林场的主人说，这片山林经营已经将近三十年，一开始时，这个老人就到这里来了。我想，当时他还是一个三四十岁的壮年，他必定也曾经背起斧头，参加过那艰难的披荆斩棘的工作。但是从什么时候起他的筋力渐渐衰减，官感渐渐迟钝，把那些需要强壮的筋力或灵敏的官感的工作一件件地放下来，归终只是从早到晚眼前守着一只笨拙的水牛呢？这个过程一定是缓缓的，漫长的，他若回忆到他的壮年（如果他有回忆的话），会比我们苦忆前生还要模糊吧。

时间对于他已经没有意义。气候的转变他也感觉不到，我只看见他春、夏、秋、冬，无论早晚，只是穿着一件破旧的衣裳。他步履所到的地方，只限于四周围的山坡，好像这山林外并没有世界；他掺杂在林场里的鸡、犬、马、牛的中间，早已失却人的骄傲和夸张。他"生"在这里了；他没有营谋，没有积蓄，使人想到耶稣所说的"天上的飞鸟"和"野地里的百合花"。

水牛，好像不是属于这个生物纪的。庞大的身躯，缓缓地在草地上走着，像是古代的生物；原始的力还存留在它的身上。当它仰着头，卧在浅浅的泥水池子里，半个身子都没不下去，它那焦渴的样子使我们觉得这个水渐渐少了的世界，真有点对不住它。把它交在这个老人的手里，是十分和谐的。山坡上，树林间，老人无言，水牛也没有声音，蹒蹒跚跚，是一幅忧郁的图画。因为他们同样有一个忘却的久远在过去，同样拖着一个迟钝在这灵巧的时代。

老人的生活从未有过变动。若有，就算是水牛生小牛的那一天了。他每天放牛回来，有时附带着抱回一束柴，这天，却和看山的少年共同抱着一只小牛进来了。他的面貌仍然是那样呆滞，但是举动里略微露出来了几分敏捷。他把小牛放在棚外，在很短的时间内把那许久不曾打扫过的牛棚打扫得干干净净，铺上焦黄的干草，把小牛放在干草上。他不说话，但是这番工作无形中泄露出一些他久已消逝了的过去。他把小牛安顿好了不久，在山坡上生过小牛的老牛也蹒蹒跚跚地走回来了，此后老牛的身后又多了一只小牛。他呢，一番所谓兴奋后，好像眼前并没有增加了什么。

一天下午，老牛不知为什么忽然不爱走动了，老人举起鞭子，它略微走几步，又停住了，他在它面前堆些青草，它只嗅一嗅，并不吃。旁的工人都说牛是病了，到处找万金油，他却一人坐在一边，把上衣脱下来晒太阳。他露不出一点慌张的神色，这类的事他似乎已经经验过好几次，反正老牛死了还有小牛。两盒万金油给牛舔下去后，牛显出来一度的活泼，随后，更没有精神了。山上的人赶快趁着它未死的时候把它拉到山下的村庄里去。老人目送几个人想尽方法把这病牛牵走，并不带一点悲伤。他抽完了一袋烟，又赶着小牛出去了，他看这小牛和生小牛以前的那只老牛一样。因为他自从开始放牛以来，已经更换过好几只牛，但在他看来，仿佛从头到了，只是一只，并无所谓更换。

可是这老人面前的不变终于起了变化。今年初夏的雨水分外少，山下村庄里种的秧苗都快老了，还是不能插，没有一个人不在盼望云。天天早晨虽然是阴云四布，但是一到中午云便散开了，这样继续了好些天，有些地方在禁屠求雨，因为离湖较远的地方，已经呈露出几分旱象。一天上午，连云也没有了，太阳照焦一切，这是在昆明少有的热天气。老人和平素一样，吃完午饭，就赶着牛出去了。——大家正在热得疲惫，尽在想着午睡的时候，寂静的林场的院子里吹来一阵凉风，同时天气从西北的方向上来了，转瞬间烟云布遍四山，大雨如注。雨继续了三个钟头，山上的雨水到处顺着枯竭了许久的小沟往下流。人人都随着宇宙缓了一口气，一两个从村庄里走到山上来玩耍的农夫准备着雨一止了便跑下山去，赶快插秧，哪怕是天晚了，也要能插多少就插多少。人们尽在雨声里乱谈乱讲，却没有一个人想起外边的大雨里还有两个生命。

雨止了，院子里明亮起来，被雨阻住的鸟儿渐渐离开它们避雨的地方飞回巢里去，这时那老人也牵着小牛回来了。人和牛都是一样湿淋淋的，神情沮丧，好像飓风掠过的海滨的渔村，全身都是零乱。老人把牛放在雨后的阳光里，自己走到厨房里去烘干他那只有一身的衣裤。人们乱忙忙的，仍然是没有人理会他们。等到老人把衣服烘干再走出来时，小牛伏在地上已经不能动转。这只有几个月的小生命，担不起这次宇宙的暴力，被骤雨激死了。

当晚工人们在林边掘了一个坑，把小牛埋在里边。埋葬后，老人还在漆黑的夜色里坑旁边坐了许久。最后，一步步地挪回来。——第二天，我看见他坐在门前的石墩上，手里仍然拿着放牛的鞭子，但是没有牛了。他好像变成一个盲人，眼前尽管是无边的绿色，对于他也许是一片白茫茫吧。几十年的岁月，没有一天没有水牛，他都实实在在地度过了，今天他却有如（我借用一个诗人所爱用的比喻）一个钟面上没有指针。

老牛病死，小牛淋死，主人有些凄然。考虑结果，暂时不买新牛，山上种菜不多，耕地时可以到附近佃户家里去借。所成问题的，是这老人如何安插。他现在什么事也不能做了，主人经过长时的踌躇，又感念他在这里工作了几十年，只好给他一些养老费，送他回家去。

家？不但旁人听了有些惊愕，就是老人自己也会觉得惊奇。他在这里有几十年，像是生了根，至于家，早已变成一个遥远、生疏、再也难以想象的处所了。他再也没有勇气去到那生疏的地方，那里有他的孙儿孙媳，但是他久已记不得他们是什么面貌，什么声音，什么样的人。人们叫他走，说是回家，在他看来，好比一个远征，他这样大的年纪，哪里当得起一个远征呢？他一天挪过一天，怎样催他，他也不动，事实上他也不知应该往哪个方向走去。最后主人派了两个工人，替他夹着那条仅有的破被送他——他在后边没精打采，像个小孩学步一般，一步一颠地离开了这座山，和这山上的鸡、犬、木、石……

第二天，送他的工人回来了，说是已经把他安插在他的家里，人们仍旧在这山上度他们的长昼，谁也没有感到短少了什么。

又过了几天，门外的狗在叫，门前呆呆地站着一个年轻的农夫，他说："祖父回到家里，不知为什么，也不说，也不笑，夜里也不睡，只是睁着眼坐着——前晚糊里糊涂地死去了。"这如同一棵老树，被移植到另外一个地带，水土不宜，死了。

在山上两年的工夫，我没有同他谈过一句话，他也不知我是哪里来的人。我想，假如小牛不被冷雨淋死，他会还继续在这山上生长着，一年一年地下去，忘却了死亡。

1941年

一个消逝了的山村

　　在人口稀少的地带，我们走入任何一座森林，或是一片草原，总觉得它们在洪荒时代大半就是这样。人类的历史演变了几千年，它们却在人类以外，不起一些变化，千百年如一日，默默地对着永恒。其中可能发生的事迹，不外乎空中的风雨，草里的虫蛇，林中出没的走兽和树间的鸣鸟。我们刚到这里来时，对于这座山林，也是那样感想，绝不会问：这里也曾有过人烟吗？但是一条窄窄的石路的残迹泄露了一些秘密。

　　我们走入山谷，沿着小溪，走两三里到了水源，转上山坡，便是我们居住的地方。我们住的房屋，建筑起来不过二三十年，我们走的路，是二三十年来经营山林的人们一步步踏出来的，处处表露出新开辟的样子，眼前的浓绿浅绿，没有一点历史的重担。但是我们从城内向这里来的中途，忽然觉得踏上了一条旧路。那条路是用石块砌成，从距谷口还有四五里远的一个村庄里伸出，向山谷这边引来，先是断断续续，随后就隐隐约约地消失了。它无人修理，无日不在继续着埋没下去。我在那条路上走时，好像是走着两条道路：一条路引我走近山居，另一条路是引我走到过去。因为我想，这条石路一定有一个时期宛宛转转地一直伸入谷口，在谷内溪水的两旁，现在只有树木的地带，曾经有过房屋，只有草的山坡上，曾经有过田园。

过了许久，我才知道，这里实际上有过村落。在七十年前，云南省的大部分，经过一场浩劫，有多少村庄城镇在这里衰落了。现在就是一间房屋的地基都寻不到了，只剩下树林、草原、溪水，除却我们的住房外，周围四五里内没有人家，但是每座山，每个幽隐的地方还都留有一个名称。这些名称现在只生存在从四邻村里走来的砍柴、背松毛、放牛牧羊的人的口里。此外它们却没有什么意义；若有，就是使我们想到有些地方曾经和人生过关系，都隐藏着一小段兴衰的历史吧。

我不能研究这个山村的历史，也不愿用想象来装饰它。它像是一个民族在这世界里消亡了，随着它一起消亡的是它所孕育的传说和故事。我们没有方法去追寻它们，只有在草木之间感到一些它们的余韵。

最可爱的是那条小溪的水源，从我们对面山的山脚下涌出的泉水，它不分昼夜地在那儿流，几棵树环绕着它形成一个阴凉的所在。我们感谢它，若是没有它，我们就不能在这里居住，那山村也不会曾经在这里滋长。这清冽的泉水，养育我们，同时也养育过往日那村里的人们。人和人，只要是共同吃过一棵树上的果实，共同饮过一条河里的水，或是共同担受过一个地方的风雨，不管是时间或空间把他们隔得有多么远，彼此都会感到几分亲切，彼此的生命都有些声息相通的地方。我深深理解了古人一首情诗里的句子："日日思君不见君，共饮长江水。"

其次就是鼠麹草。这种在欧洲非登上阿尔卑斯山的高处不容易采撷得到的名贵的小草，在这里每逢暮春和初秋却一年两季地开遍了山坡。我爱它那从叶子演变成的，有白色茸毛的花朵，谦虚地掺杂在乱草的中间。但是在这谦虚里没有卑躬，只有纯洁，没有矜持，只有坚强。有谁要认识这小草的意义吗？我愿意指给他看：在夕阳里一座山丘的顶上，坐着一个村女，她聚精会神地在那里缝什么，一任她的羊在远远近近的山坡上吃草，四面是山，四面是树，她从不抬起头来张望一下，陪伴着她的是一丛一丛的鼠麹从杂草中露出头来。这时我正从城里来，我看见这幅图像，觉得我随身带来的纷扰都变成深秋的黄叶，自然而然地凋落了。这使我知道，一个小生命是怎样鄙弃了一切浮夸，孑然一身担当着一个大宇宙。那消逝了的村庄必定也曾经像是这个少女，抱着自己的朴质，春秋佳日，被这些白色的小草围绕着，在山腰里不言不语地负担着一切。后来一个横来的运命使它骤然死去，不留下一些夸耀后人的事迹。

雨季是山上最热闹的时候，天天早晨我们都醒在一片山歌里。那是些从五六里外趁早上山来采菌子的人。下了一夜的雨，第二天太阳出来一蒸发，草间的菌子俯拾皆是：有的红如胭脂，青如青苔，褐如牛肝，白如蛋白，还有一种赭色的，放在水里立即变成靛蓝的颜色。我们望着对面的山上，人人踏着潮湿，在草丛里，树根处，低头寻找新鲜的菌子。这是一种热闹，人们在其中并不忘却自己，各人盯着各人目前的世界。这景象，在七十年前也不会两样。这些彩菌，不知点缀过多少民族的童话，它们一定也滋养过那山村里的人们的身体和儿童的幻想吧。

　　这中间，高高耸立起来那植物界里最高的树木，有加利树。有时在月夜里，月光把被微风摇摆的叶子镀成银色，我们望着它每瞬间都在生长，仿佛把我们的身体，我们的周围，甚至全山都带着生长起来。望久了，自己的灵魂有些担当不起，感到悚然，好像对着一个崇高的严峻的圣者，你不随着他走，就得和他离开，中间不容有妥协。——但是，这种树本来是异乡的，移植到这里来并不久，那个山村恐怕不会梦想到它，正如一个人不会想到他死后的坟旁要栽什么树木。

秋后，树林显出萧疏。刚过黄昏，野狗便四处寻食，有时远远在山沟里，有时近到墙外，做出种种求群求食的嗥叫的声音。更加上夜夜常起的狂风，好像要把一切都给刮走。这时有如身在荒原，所有精神方面所体验的，物质方面所获得的，都失却了功用。使人想到海上的飓风，寒带的雪潮，自己一点也不能做主。风声稍息，是野狗的嗥声，野狗声音刚过去，松林里又起了涛浪。这风夜中的嗥声对于当时的那个村落，一定也是一种威胁——尤其是对于无眠的老人，夜半惊醒的儿童和抚慰病儿的寡妇。

在比较平静的夜里，野狗的野性似乎也被夜的温柔驯服了不少。代替野狗的是麋子的嘶声。这温良而机警的兽，自然要时时躲避野狗，但是逃不开人的诡计。月色朦胧的夜半，有一二猎夫，会效仿麋子的嘶声，往往登高一呼，麋子便成群地走来。……据说，前些年，在人迹罕到的树丛里还往往有一只鹿出现。不知是这里曾经有过一个繁盛的鹿群，最后只剩下了一只，还是根本是从外边偶然走来而迷失在这里不能回去呢？反正这是近乎传说了。这美丽的兽，如果我们在庄严的松林里散步，它不期然地在我们对面出现，我们真会像是Saint Eustache一般，在它的两角之间看见了幻境。

两三年来，这一切，给我的生命许多滋养。但我相信它们也曾以同样的坦白和恩惠对待那消逝了的村庄。这些风物，好像至今还在述说它的运命。在风雨如晦的时刻，我踏着那村里的人们也踏过的土地，觉得彼此相隔虽然将及一世纪，但在生命的深处，却和他们有着意味不尽的关联。

1942年

山村的墓碣

　　德国和瑞士交界的一带是山谷和树林的世界，那里的居民多半是农民。虽然有铁路，有公路，伸到他们的村庄里来，但是他们的视线依然被那些山岭所限制，不必提巴黎和柏林，就是他们附近的几个都市，和他们的距离也好像有几万里远。他们各自保持住自己的服装，自己的方言，自己的习俗，自己的建筑方式。山上的松林有时稀疏，有时浓密，走进去，往往是几天也走不完。林径上行人稀少，但对面若是走来一个人，没有不向你点头致意的，仿佛是熟识的一般。每逢路径拐弯处，总少不了一块方方的指路碑，东西南北，指给你一些新鲜而又朴实的地名。有一次我正对着一块指路碑，踌躇着，不知应该往哪里走，在碑旁草丛中又见到另外一块方石，向前仔细一看，却是一座墓碣，上边刻着：

一个过路人，不知为什么，
走到这里就死了。
一切过路人，从这里经过，
请给他做个祈祷。

这四行简陋的诗句非常感动我，当时我真希望我是一个基督徒，能够给这个不知名的死者做一次祈祷。但是我不能。小时候读过王阳明的《瘗旅文》，为了那死在瘴疠之乡的主仆起过无穷的想象；这里并非瘴疠之乡，但既然同是过路人，便不自觉地起了无限的同情，觉得这个死者好像是自己的亲属，说得重一些，竟像是所有的行路人生命里的一部分。想到这里，这铭语中的后两行更语重情长了。

由于这块墓碣，我便发生了一种从来不曾有过的兴趣：走路时总是注意路旁，会不会在这寂静的自然里再发现这一类的墓碣呢？人们说，事事不可强求，一强求，反倒遇不到了。但有时也有偶然的机会，在你一个愿望因为不能达到而放弃了以后，使你有一个意想不到的得获。我在那些山村和山林里自然没有再遇到第二座这样的墓碣，可是在我离开了那里又回到一个繁华的城市时，一天我在一个旧书店里乱翻，不知不觉，有一个两寸长的小册子落到我的手里了。封面上写着"山村的墓碣"。打开一看，正是瑞士许多山村中的墓碣上的铭语，一个乡村牧师搜集的。

欧洲城市附近的墓园往往是很好的散步场所，那里有鲜花，有短树，墓碑上有美丽的石刻，人们尽量把死点缀得十分幽静，但墓铭多半是千篇一律的，无非是"愿你在上帝那里得到永息"一类的话。可是这小册子里所搜集的则迥然不同了，里边到处流露出农人的朴实与幽默，他们看死的降临是无法抵制的，因此于无可奈何中也就把死写得潇洒而轻松。我很便宜地买到这本小册子，茶余饭罢，常常读给朋友们听，朋友们听了，没有一个不诧异地问："这是真的吗？"——但是每个铭语下边都注明采集的地名。我现在还记得几段，其中有一段这样写着：

我生于波登湖畔，

我死于肚子痛。

还有一个小学教师的：

我是一个乡村教员，

鞭打了一辈子学童。

如今的人类正在大规模地死亡。在无数死者的坟墓前，有的刻上光荣的词句，有的被人说是可鄙的死亡，有的无人理会。可是瑞士的山中仍旧保持着昔日的平静，我想，那里的农民们也许还在继续着刻他们的别饶风趣的墓碣吧。有时我为了许多事，想到死的问题，在想得最严重时，很想再翻开那个小册子读一

读。但它跟我许多心爱的书籍一样，尘埋在远远的北

方的家乡⋯⋯

1943年

忆 平 乐

　　六年前，11月下半月里的一个早晨，我们在桂林上了一只漓江上的民船。那时正是长沙大火后，各地方的难民潮涌一般地到了桂林。抗战以来，如果说南京失守是第一个挫折，那么武汉撤退显然是第二个挫折了，大家不知道此后的局势将要怎样发展，但对于将来都具有信心。人们好像很年轻，报纸上虽然没有多少好消息，同时几乎天天要跑警报，可是面貌上没有一些疲倦。并且人人都以好奇的眼光观看这很有特性的城市。他们不但没有抱怨，反倒常常怀着感谢的心情说："若不是抗战，怎么会看到这里的山水。"

　　在桂林住了半个多月，全国各地的一举一动都会在这里发生感应。但是一上了漓江的船，就迥然不同了，初冬的天空和初冬的江水是一样澄清，传不来一点外边的消息。我立在船头，当桂林的那些山峰渐渐在我面前消逝时，我心里想：10月的下旬在赣江上，11月的下旬在漓江上，一东一西，中间隔着四四方方的湖南那么一大省，但是民船，两个地方却没有一点不同，同样的船篷，同样的船身，同样的船夫撑船的姿势。从空间我又想到时间：在战前，在百年前，甚至在千年前，漓江上的航行也必定没有多少变化。山是那样奇兀，水是这样清澈，江底的石块无论大小都历历可数。此外就是寂静，寂静凝结在前后左右，好像千军万马也不能把这寂静冲破。

俗话说，桂林山水甲天下，至于山水的奇丽还要算漓江。船过了大圩，这条江水便永久被四面的山包围起来了。船在水中央，仿佛永久在一座带形的湖里。船慢慢地走着，船上的人没有事做，只有望着四围的山峰。经过长久的时间，山峰好像都看熟了，忽然转了一个大弯子，面前的山峰紧接着也改变了形象，原来船已经走出这"带形的湖"又走入一座新的"带形的湖"里。山的转变无穷，水也始终没有被前面的山遮住。这样两天，过了阳朔一直到了平乐。

在平乐，我们找到了一辆汽车要经过柳州、南宁到龙州去。往南越走越热，临行的前一天，妻的身上穿着棉衣，她说想做一件夹衣预备在热的地方穿，但恐怕来不及了，因为汽车在第二天清早就要开行。我说，我们不妨到裁缝铺里试一试。我们于是在临江的一条街上买了一件衣料，随后拿着这件衣料问了几家裁缝铺，都异口同音地说来不及了。最后到了一家，仍然是说来不及了，但口气不是那样坚决，不可能中好像含有一些可能的意味。我们也就利用这一点可能的意味向那裁缝恳求："如果你在今晚十二点以前把这件衣服缝好，我们愿意出加倍的工资。"

"加倍的工资，我不要；只怕时间来不及了。若是来得及，一件夹袍是一件夹袍，工资无须增加。"

"我们也是不得已，因为明天清早就要到柳州去。"

我们继续恳求，最后那裁缝被我们说动了，他说："放在这里吧，我替你们赶做。"

我们把旅馆的地址留给他，继续到街上料理其他的琐事。晚饭后，一切都已收拾停当。我们决定早一点睡，至于那件夹衣，第二天清早去取，想不会有什么耽搁。想不到睡得正熟的时候，忽然有茶房敲门，说楼下有人来找。我睡眼蒙眬地走到楼下，白天的那个裁缝正捧着一件叠得好好的夹衣在旅馆的柜台旁立着。他说，这件夹衣做好了，在十二点以前。

我当时很感动，我对于我的早睡觉得十分惭愧，我接过来那件夹衣，它在我的手里好像比它本来的分量沉重得多。我拿出一张一元的纸币交给那个裁缝，他找回我两角钱，说一声"一件夹袍八角钱"，回头就走了。我走上楼，把夹袍放在箱子里，又躺在床上，听着楼下的钟正打十二点。

六年了，在这六年内听说广西也有许多变化，过去的事在脑里一天比一天模糊。入秋以来，敌人侵入广西，不但桂林、柳州那样的大地名天天在报纸上出现，就是平乐也曾经一再地在报纸上读到。当我读到"平乐"二字时，不知怎么，漓江边岸的风光以及平乐的那晚的经验都引起我乡愁一般的思念。如今平乐已经沦陷，漓江一带的山水想必还是和六年前没有两样，可是那个裁缝，我不知道他会流亡到什么地方，我怀念他，像是怀念一个旧日的友人。——朋友们常常因为对于自己的民族期望过殷，转爱为憎，而怨恨这个民族太没有出息。但我每逢听到一个地方沦陷了，而那地方又曾经和我发生过一些关系，我便对那里的山水人物感到痛切的爱恋。

并且，在这六年内世界在变，社会在变，许多人变得不成人形，但我深信有许多事物并没有变：农夫依旧春耕秋收，没有一个农夫把粮食种得不成粮食；手工艺者依旧做出人间的用具，没有一个木匠把桌子做得不成桌子，没有一个裁缝把衣服缝得不成衣服；他们都和山水树木一样，永久不失去自己的生的形式。真正变得不成人形的却是那些衣冠人士：有些教育家把学校办得不成学校，有些政客把政治弄得不成政治，有些军官把军队弄得不成军队。

现在敌人正在广西到处猖獗，谣言在后方都市的衣冠社会里正病菌似的传布着，我坐在屋里，只苦苦地思念着漓江上的寂静和平乐的那个认真而守时刻的裁缝：前者使人深思，后者使人警醒。

1943年

动　物　园

　　他的壮年是在印度、南非、南美，那些浓郁而旷野的地方度过的。他如今头发白了，扶着栏杆走上他四层楼的住所，常常发喘，有时甚至要在楼梯旁的小凳上坐下休息几分钟才能继续往上走，可是他一谈到他往年在南方的经验，尤其是他那痴情的放荡的畋猎生活，他的两眼便发出炯炯的光。他立刻打开他的照相簿给人看。

　　"你们看，这是在印度打的一条虎。那时我住在一座遍处都是草莽的山上。山附近常常有虎出没，你们知道吗？黄昏时若是骑着马在草莽中间走过，马一听到虎叫的声音，便战栗起来，随后全身痉挛，一步也不敢前进。这时候骑马的人真窘。有些天，虎闹得太凶了，我们想起一个方法，把一匹病得要死的马拴在一棵树下，大家远远近近地埋伏在草里边。月夜里，虎叫起来了，病马早已吓得和死马一样。几分钟后，虎出现了，向着这匹病马跑来，我们的枪弹便一起放射——第二天早晨，就照了这幅死虎的像。"

他又一页一页地翻下去，"看，这是非洲的一只野猪。那回又是在荒原里搭起帐篷。夜半，人们都睡熟了，忽然在睡梦中听见我的狗发出一声狂叫，提着灯走出来一看，我那条从家乡带出来陪我走遍世界的狼犬已经血淋淋地倒在地上，据说是被豹子咬死了。第二天，我们把一切准备好，要替我的狼犬报仇，举行一次盛大的猎豹的出征。但是豹的踪迹遍寻不得，树林里出现了野猪。你们知道猎野猪的方法吗？你万不可迎面射击它，因为它若是中了弹，就只知道死命地向前冲，你就有被它撞死的危险。最好是躲在旁边，向它的腹部射去，说不定它会撞死在一棵大树上……

"那真是使人鼓舞的事，"他把簿子合上，"在荒野的地方猎取野兽。我们这里有什么趣味呢，背着猎枪射下几只林中的飞鸟，架着苍鹰捉几个草间的走兔，或是牵着猎犬追踪麋鹿的踪迹。

"还有南美洲。亚马孙河的上游，丑恶的鳄鱼在水陆之间爬上爬下，但是最阴凉的地方，在你面前会不知不觉地展开一片 Victoria regia①，叶子那样大，花色那样惨白，会冷透了你的心。也就是在最凶险的地方，才有这奇异的美景，你们可知道，在虎豹称雄的山上也常常有孔雀飞舞吗？——Victoria regia，孔雀，在我们这里是梦境，在那里却是真实。"

他这样说着，人们看着他颤巍巍的身躯还在放射着他往日的英勇，他的四壁悬挂着的猎具上仿佛还没有退尽野兽的血腥，虫蛇的毒液。但是从窗外望下去，是汽车电车永不停息的繁华的大街，街两旁开设着最新式的商店和咖啡店。晴朗的下午，咖啡店把桌椅都摆在大街的两旁，坐遍各色各样的男女。大都市

---

① 一般指亚马孙王莲。编者注。

里复杂的声音侵到这屋子里来，更显出这老人的寂寞。他退居在这里，将近十年了。他常常说："我真愿意再有一次青春，到远方的广大的世界里驰骋一番呢。"他有时又把对面的窗子打开，"你们看这边的动物园，对于我是快乐，也是痛苦。快乐的是我低头望着这广大的园子，里边无数的生命至少还使我感到往日的真实，痛苦的是铁笼木栏使那些生命都渐渐变了本质。我在这里住了这么久，就很少听过一次虎啸或狮吼，只有夜半，我的梦回翔在赤道以南的地带，忽然听到一声吼叫，惊醒过来，不知道声音是从梦中来的，还是从下边的动物园里。"

打猎的人爱谈打猎的故事，说得过分夸张而玄妙时，往往使听者嫌厌。但是这老人谈得总是很有趣味，从来不曾使人感到单调过。许多青年人都爱爬上他那四层楼的楼梯去听他娓娓动听的故事。他多少年的光阴都在他乡度过，回到故乡后，故乡的一切都变得生疏了，曾经消谢过他华年的那些地方反倒成为他所怀念的家乡。

他天天早晨到动物园里散步，好像怀着无限的乡愁。虎、豹、狮、斑马、鳄鱼……每只兽的身上都放散出他所熟识的、它们所特有的气息，可是它们都短少它们所应有的背景：热带的沙漠，森林里的沼泽，一望无边的草莽。尤其是一天亮就开始睡眠的大蝙蝠把灰色的翅膀挂在枯树枝上，色彩斑斓的毒蛇盘在松树干上，一动也不动，这和标本室里那些死的模型有什么分别呢？他常自言自语："这些生物闭锢在这里，有如沦亡了的部落的后裔，成为人家的奴隶，被人运到这里，运到那里，任人摆布，他们的血里还有那样的呼声吗，向着旷野，向着森林，向着远方的自由？"

园子里更使他恋恋不舍的是栏杆上挂着的牌子，上边写有"虎，印度产""斑马，非洲产"……这类无声无息的死的文字里隐伏着多少辽远的山川！无数的远方，无数他再也不能看见的奇景，都藏在这几个字里，有如古代的画，只画出人物，至于人物背后的山水树木，只用单字标明——可是这单字里含有多少真实的意义！

从死的字里唤回当年活的山水，他感受得一天比一天深。他绝没有勇气说："我抛掉眼前的这几个死的字，再去过一番那无边的犷野的泼辣的生活。"他自己的身体不允许他，外边也绝不会给他送来一个这样的机会。他将要长此望着这些笼里的、栏里的、没有背景的野兽一天一天地衰老下去……

但是，一天机会来了，战争来了。街上喧嚣起与往日不同的人声，铁路上日日开走与往日不同的列车。下午几个常常到他这里来的听他讲故事的青年来的次数也减少了，后来索性有的就不见了。但是动物园里没有一些改变，虎的眼珠里，豹的跳跃里，并没有什么奇异的预感，至于蛇，至于大蝙蝠，仍旧默默地没有声息……

他渐渐听说，某处有空袭了，某个城市被炸了，而他的周围和他面前的动物园还是没有变动。一切都是战时状态了，他却以为，敌人的飞机绝不会到他的头上飞翔，炸弹也不会落在这一片和平的动物园里。

空袭渐渐多了，终于也轮到他所居住的这座城市。警笛响了，好像与他无干；刹那间街上的行人都不见了，他心里感到一度异样的凄凉；机声响了，高射炮声响了，枪声响了，炸弹的声音，飞机陨落的声音，随后机声远了，剩下一片他从未经验过的死寂。打开窗子望出去，有几处冒着浓厚的黑烟……

但是被炸的地方越来越近，有一次空袭后，附近的一座大厦炸去了三四层。广场的树枝上悬挂起半条人腿……

一向以为不相干的，远方的事如今都到了近旁，他才起始为这广大的动物园担心，它像是一片眼看就要泛滥的湖水，水位一天比一天增高。

动物园里游人的数目也在减少，这不是什么好的预兆，他每天早晨到那里边去散步，反倒去得更早回来得更迟了。他享受着眼前的风平浪静，担心着暴风雨的到来，同时又好像在期待着它的到来。

一天，他又在望着"印度产""非洲产"……那些死的文字发呆，警笛鸣了，紧接着机声响了，回家去是不可能的，只好躲在附近的一座土丘下边。大批的飞机飞到他头上的天空，他分不清哪些是敌人的，哪些是自己的。立刻有一片射击、轰炸、爆裂、陨落的声音，混在一起，忽然他面前飞起一只孔雀，转瞬间他仿佛又置身于印度的草原，望见几十成群的孔雀在空中飞舞，眼前都是孔雀的羽毛，一片绿，一片昏黄，他失去了知觉。

最后，四围的寂静唤醒了他。世界完全改变了。六七十步远的地方就血肉狼藉地躺着一部分野兽的死尸，勉强认得出来的是：这里一条虎腿，那里一个豹头，这里一条狐尾，那里一段斑马的颈子，这些最勇猛的，或是最狡猾的生物都没有能够保住它们的生命，好像宇宙经过一番只有在洪荒时代才能有的浩劫，使他不相信这是事实。但是他走到湖水边，那里的铁网也断了，鳄鱼、龟、蛇，都还守着它们原有的位置，没有声音，也没有动作，只有海狸正从水里爬到一大块洁白的石上，在美好的日光下晒它润泽的皮毛。麂鹿却早已越过它们的木栏，在行人的路上荡来荡去。还有柔顺的意大利种的大耳白兔，暹罗种的灰黄色的猫在一片碧绿的草坪上跳跃，假使没有那几处狼藉不堪的血肉和残败的铁栏木笼，真会使人疑心这是宇宙初创的第七日，和平，寂静……但是动物园外，有的房顶上冒起浓烟，有的窗子里吐出火焰，救急的汽车在大街上吼着，没有停息。

他的心情对于这个景况不曾有过一点准备，正在彷徨时，不知受了什么启示，不自主地走出动物园的门。想不到空旷的大街已经成了动物的世界，咖啡店前石板的桌子上聚集起各色各样的猴子，在跳跃，在争夺，打成一片。广场上有粗笨的鸵鸟在那里兜圈子，好像要放开腿奔跑，可是又跑不开。一座旅馆的门前，平素总侍立着一个古装的侍童，如今却是一只高大的黑熊不住地在那里扒弄着旅馆的玻璃门。两只奇拉夫立在街心，伸出它们的细长的脖颈，有两丈高，仿佛高大的桅樯。平滑的柏油路上奔驰着高山地带的羚羊，草原中的野狸……还有各样一时叫不出名称的四足兽。他忽然回头一看，后面摇摇晃晃走来一只西藏高原的犛牛。在这样一条最近代、最繁华的街上忽然出现这么多离奇的生物，他的耳目迷离，他的心神眩惑了。

再也没有争奇夺艳的妇女，再也没有衣履翩翩的绅士，正午的阳光下他好像又恢复了青春，回到他所梦想的犷野的热带。他壮年的血又在他身内循环，他从他的记忆里唤回来沙漠，唤回来沼泽，唤回来森林。两旁的华丽的建筑正在向着原始转变时，他忽然听到一辆狂吼的卡车停住了，紧接着一片枪声，立刻击中了一只鸵鸟，一只羚羊，还有那旅馆门前的黑熊，同时也唤醒他壮年时畋猎的雄心。

"我回去取我的枪去！"他定一定神，辨一辨方向，向四下一望，已经望不见他居住的那座楼。

[附记]

一天，报纸上登载着，欧洲某大城市的动物园被炸，许多野兽都跑到繁华的大街上。这段新闻使我想起十年前在欧洲一座城市里认识的一个好畋猎的老人，我于是写了这么一篇小东西来纪念他。

1944年

大作家的语文课

欢畅阅读语文课本里的经典

小学语文课外阅读丛书
以课本内容为核心，精心编选的名家经典
注重培养孩子的阅读力、思辨力、写作力和文学鉴赏力

书名	ISBN	单价	对应课文	备注
一年级上下册				
一支乱七八糟的歌（注音·全彩·美绘）	9787531354789	25	《怎么都快乐》	收录的《怎么都快乐》入选一年级下册课文
动物王国开大会（注音·全彩·美绘）	9787531355694	25	《动物王国开大会》	一年级下册课文
文具的家（注音·全彩·美绘）	9787531358435	28	《文具的家》	一年级下册课文
夏夜多美丽（注音全彩美绘）	9787531361572	25	《夏夜多美丽》	一年级下册课文
小鸟读书（注音全彩美绘）	9787531362289	25	《小鸟读书》	一年级下册课文
野葡萄（注音·全彩·美绘）	9787531355670	25	延展阅读	延展阅读
"小溜溜"溜了-怪城奇遇记（注音全彩美绘）	9787531355892	28	延展阅读	延展阅读
"小溜溜"溜了-再见了,怪城（注音全彩美绘）	9787531355908	28	延展阅读	延展阅读
二年级上册				
小鲤鱼跳龙门（注音·全彩·美绘）	9787531355687	25	《小鲤鱼跳龙门》	二年级上册"快乐读书吧"
"歪脑袋"木头桩（注音·全彩·美绘）	9787531355700	25	《"歪脑袋"木头桩》	二年级上册"快乐读书吧"
孤独的小螃蟹（注音·全彩·美绘）	9787531356134	25	《孤独的小螃蟹》	二年级上册"快乐读书吧"
称赞（注音·全彩·美绘）	9787531354833	25	《称赞》	二年级上册课文
纸船和风筝（注音·全彩·美绘）	9787531355953	28	《纸船和风筝》	二年级上册课文
烦恼的大角（注音·全彩·美绘）	9787531356868	25	《企鹅寄冰》	收录的《企鹅寄冰》入选二年级上册课文
植物妈妈有办法（注音·全彩·美绘）	9787531360872	25	《植物妈妈有办法》	二年级上册课文
雪孩子·小松鼠找花生（注音·全彩·美绘）	9787531360032	25	《雪孩子》《小松鼠找花生》	《雪孩子》被选作语文教材（二年级上册）课文,《小松鼠找花生》被选作语文教材（一年级上册）"和大人一起读"
侦探与小偷（注音·全彩·美绘）	9787531360643	25	延展阅读	《小灵通漫游未来》的作者叶永烈写给孩子的侦探小说
没头脑和不高兴（大字彩绘版）	9787531362371	25	延展阅读	入选中国小学生基础阅读书目和中小学生阅读指导目录
二年级下册（注音·全彩·美绘）				
小柳树和小枣树（注音·全彩·美绘）	9787531354826	25	《小柳树和小枣树》	二年级下册课文
大象的耳朵（注音·全彩·美绘）	9787531354758	22	《大象的耳朵》	二年级下册课文
好天气和坏天气（注音·全彩·美绘）	9787531356875	25	《好天气和坏天气》	二年级下册"我爱阅读"
枫树上的喜鹊（注音·全彩·美绘）	9787531356912	25	《枫树上的喜鹊》	二年级下册课文
孙悟空在我们村里（注音·全彩·美绘）	9787531356899	28	延展阅读	延展阅读 中国小学生基础阅读书目必读
大奖章（注音·全彩·美绘）	9787531355809	25	延展阅读	延展阅读
牧童三娃（注音·全彩·美绘）	9787531355793	25	延展阅读	延展阅读

书名	ISBN	单价	对应课文	备注
三年级上册（全彩美绘）				
搭船的鸟（全彩美绘）	9787531355342	25	《搭船的鸟》	三年级上册课文
胡萝卜先生的长胡子（全彩美绘）	9787531355014	22	《胡萝卜先生的长胡子》	三年级上册课文
花的学校（全彩美绘）	9787531355366	25	《花的学校》	三年级上册课文
那一定会很好（全彩美绘）	9787531354703	25	《那一定会很好》	三年级上册课文
铺满金色巴掌的水泥道（全彩美绘）	9787531355373	25	《铺满金色巴掌的水泥道》	三年级上册课文
小灵通漫游未来（全彩美绘）	9787531355359	32	《小灵通漫游未来》	语文教材三年级上册推荐
去年的树·小狐狸买手套（全彩美绘）	9787531360049	25	延展阅读	《去年的树》曾入选三年级上册课文，《小狐狸买手套》入选清华附小等名校推荐阅读书和亲近母语中国小学生分级阅读书目
三年级下册（全彩美绘）				
慢性子裁缝和急性子顾客（全彩美绘）	9787531355915	25	《慢性子裁缝和急性子顾客》	三年级下册课文
昆虫备忘录（全彩美绘）	9787531356073	23	《昆虫备忘录》	三年级下册课文
诗歌魔方 一支铅笔的梦想（全彩美绘）	9787531356516	22	《诗歌魔方 一支铅笔的梦想》	三年级下册课文
方帽子店（全彩美绘）	9787531359890	25	《方帽子店》	三年级下册课文
祖父的园子·火烧云（赵蘅插图版）	9787531363095	28	《祖父的园子》《火烧云》	《火烧云》入选三年级下册课文，《祖父的园子》入选五年级下册课文
鸦鸦（全彩美绘）	9787531357551	22	延展阅读	《鸦鸦》曾荣获陈伯吹儿童文学奖
故乡的杨梅（操作中）			《我爱故乡的杨梅》	三年级下册课文
四年级上册（全彩美绘）				
龙凤·牛和鹅（全彩美绘）	9787531357544	23	《牛和鹅》	《龙凤》曾荣获陈伯吹儿童文学奖，《牛和鹅》入选四年级上册课文
我和恐龙（全彩美绘）	9787531357520	28	《一只窝囊的的大老虎》	收录的《一只窝囊的大老虎》入选四年级上册课文
爬山虎的脚·荷花（全彩美绘）	9787531357506	28	《爬山虎的脚》《荷花》《记金华的双龙洞》《牛郎织女》	《爬山虎的脚》入选四年级上册课文，《荷花》入选三年级下册课文，《记金华的双龙洞》入选四年级下册课文，由叶圣陶先生整理的《牛郎织女》入选五年级上册课文
中国古代神话（精编导读版）（全彩美绘）	9787531358985	22	《中国神话故事》	内容包括四年级上册"快乐读书吧"推荐阅读的神话内容
蟋蟀的住宅（操作中）			《蟋蟀的住宅》	入选四年级上册课文
四年级下册（全彩美绘）				
森林报（精编导读版）（全彩美绘）	9787531359715	23	《森林报》	四年级下册"快乐读书吧"推荐
细菌世界历险记（全彩美绘）	9787531360636	29.8	《灰尘的旅行》	收录的《灰尘的旅行》入选四年级下册"快乐读书吧"
穿过地平线：看看我们的地球（操作中）			《看看我们的地球》	四年级下册"快乐读书吧"推荐阅读
五年级上册（全彩美绘）				
我的朋友容容（全彩美绘）	9787531357513	30	《我的朋友容容》	收录的《牛和鹅》入选四年级上册课文，《我的朋友容容》入选五年级下册课文
落花生（全彩美绘）	9787531362326	25	《落花生》	五年级上册课文
松鼠（操作中）			《松鼠》	五年级上册课文
少年中国说（操作中）			《少年中国说》	五年级上册课文
五年级下册（全彩美绘）				
吕小钢和他的妹妹（全彩美绘）	9787531357575	26	延展阅读	《吕小钢和他的妹妹》曾获全国少年儿童文艺创作评奖一等奖。作家任大星曾获陈伯吹儿童文学奖杰出贡献奖
六年级上下册（全彩美绘）				
鲁迅必读经典（全彩美绘）	9787531356202	30	《野草》《朝花夕拾》	六年级上册，收录教材推荐阅读的鲁迅全部作品
北京的春节·草原（全彩美绘）	9787531362104	28	《北京的春节》《草原》	收录的《母鸡》《猫》入选四年级下册课文，《草原》《北京的春节》入选六年级课文
丁香结（全彩美绘）	9787531362760	26	《丁香结》	六年级上册课文
表里的生物（全彩美绘）	9787531364160	28	《表里的生物》	六年级下册课文
少年音乐和美术故事（全彩美绘）	9787531362333	35	延展阅读	入选新阅读研究所中小学生基础阅读书目